rowohlts
monographien
herausgegeben
von
Kurt Kusenberg

Friedrich Hölderlin

mit Selbstzeugnissen
und Bilddokumenten
dargestellt von
Ulrich Häussermann

rororo bildmonographien

Rowohlt

Dieser Band wurde eigens für «rowohlts monographien» geschrieben
Den dokumentarischen und bibliographischen Anhang bearbeitete Paul Raabe
Umschlagentwurf Werner Rebhuhn
Vorderseite: Hölderlin. Pastellbild von Hiemer
(Historisches Bildarchiv Lolo Handke, Bad Berneck)
Rückseite: Tübingen vom Österberg aus. Um 1840
(Rowohlt Archiv, Reinbek bei Hamburg)

Veröffentlicht im Rowohlt Taschenbuch Verlag GmbH,
Reinbek bei Hamburg, März 1961

Gesetzt aus der Linotype-Aldus-Buchschrift
und der Palatino (D. Stempel AG)
Gesamtherstellung Clausen & Bosse, Leck
Printed in Germany
780-ISBN 3 499 50053 1

76.–79. Tausend Dezember 1983

Inhalt

1786

Dieses Buch kann nicht dienen, Hölderlin populär zu machen. Es kann auch nicht als Kompendium dienen, in dem man sich schnell über Inhalt und Bedeutung der Werke Hölderlins Auskunft holen könnte. Die gestellte Aufgabe liegt in einer anderen Richtung: in einigen Grundzügen ein Wesens- und Schicksalsporträt von Hölderlin zu entwerfen. Um die offenen und verhüllteren Schicksalszüge in Hölderlins Leben zu ertasten, muß man oft ganz andre Stellen seines Werkes aufsuchen, als wenn man die Dichtung als solche interpretieren will.

Jedes Leben ist verflochten mit einem Kreis anderer Leben. Oft gewinnt eine Gestalt erst in der Begegnung mit andern ihre exakten Konturen. Diese Tatsache bestimmt den einen Akzent des Buchs: Hölderlin in der Mitte seiner Schicksalspartner zu sehen.

Das Leben eines Dichters ist mit dem Leben seiner Dichtung unlösbar verbunden. Abstrahierende Deutung von Gedichten, die das Werk von der Substanz seines Werdens trennt, geht leicht am Erregendsten vorbei, das im nahen, menschlichen Lebens- und Leidensgrund verborgen ist. Hölderlin, der in seiner Dichtung am reinsten lebte, ist auch als Person in seiner Dichtung am reinsten anzutreffen. Hier liegt der andre Akzent des Buchs: durch die Dichtung auf das Gesicht des Dichters zu blicken. Man mag den Vorwurf des Biographismus erheben. Daß der biographische Aspekt immer nur ein Aspekt der Dichtung ist, gehört zu den Voraussetzungen des Buchs.

Die dokumentarischen Funde der letzten Jahre, die unser Bild von Hölderlins Leben bedeutend erweitert haben, sind überall berücksichtigt, aber nicht besonders als solche herausgehoben.

Links: Hölderlin mit sechzehn Jahren. Kolorierte Zeichnung von der Hand eines Studienfreundes in Denkendorf oder Maulbronn

Dem festlich erwartungsvollen Leser der hymnischen Gesänge Hölderlins kann es geschehen, daß ihm der Text beim Lesen plötzlich einen leisen Streich spielt. Da steht irgendein Ausdruck, der scheinbar gar nicht in den hohen Schwung des Gedichtes paßt. Vielleicht überliest man die Stelle — oder aber man horcht auf. Man liest den Satz noch einmal, und nur wer Schwabe ist, versteht dann plötzlich den Sinn. Ja, da begegnet man dem schwäbischen Dialekt, in einer Umgebung, in der man ihn nie vermutet hätte. Und eine Dichtung, die man zuvor wie in ferner Höhe angestaunt hat, rückt auf einmal in handfeste, dichte Nähe.

denn
Von wegen geringer Dinge
Verstimmt wie vom Schnee war
Die Gloke, womit
Man läutet
Zum Abendessen *(Kolomb)**

Von wegen — das ist lauteres Schwäbisch und bedeutet einfach: wegen. Ebenso umständlich klingt auch die schwäbische Wendung *sich einander:*

Es mag ein Gott auch ...
theilen alles Schiksaal
Daß alle sich einander erfahren ...[1**]

In der gewaltigen Sprache der späten Hymnen haben diese kleinen Blüten des Schwäbischen einen ganz eigenartigen Reiz. Es ist, als würde der titanische Rhythmus für einen Augenblick durch ein Zwischenspiel unterbrochen, ein Spiel schicksalloser Heiterkeit. In den strenggefügten Bau *deutschen Gesangs* stiehlt sich eine liebliche Erinnerung ans heimatlich Schwäbische ein. Durch den Ernst des Hymnus blickt auf einmal das zärtliche Auge des Menschen, der ihn schrieb.

Alltag aber wunderbar
Gott an hat ein Gewand *(Griechenland)*

In strengem Deutsch müßte man natürlich sagen: Gott trägt ein Gewand. Aber gerade die viel kindlichere, mundartliche Wendung *an hat* legt in die Worte den frischen Glanz.

---

* Bei sämtlichen Zitaten ist in diesem Buch die originale Schreibweise beibehalten worden. Etwas von dem Duft des Ursprünglichen bleibt dadurch bewahrt, das durch den Zugriff der Modernisierung angetastet würde. Hölderlin schreibt Seegen — das ist etwas anderes, als wenn wir Segen drucken würden. Hölderlin schreibt athmen — darin ist viel mehr Luft als in dem Wort atmen.

** Die bei den Zitaten stehenden Ziffern verweisen auf die Anmerkungen auf Seite 158—160.

Hölderlin selbst tritt ruhig und entschieden für seine Heimatsprache ein:

und nicht soll einer
Der Rede Schönheit mir
Die heimatliche vorwerfen,
Dem Fremden, dieweil ich allein
Zum Felde gehe, wo wild
Die Lilie wächst, furchtlos . . .[2]

Der Gang zur heimatlichen Schönheit der Sprache hat etwas Märchenhaftes. Es ist der Gang *allein zum Felde,* in die Welt der unverbildeten Gründe, wo das Wort, *die Blume des Mundes* wild wächst, in ursprünglicher Reinheit und Kraft.

Die Heimat ist für Hölderlin mehr als ein abgezirkelter Raum mit Zollschranke und Regierung. Sie ist eine Macht, ein Geheimnis. Man stolpert nicht einfach aus ihr heraus und in sie zurück. Die Trennung von ihr ist ein Akt mythischen Abschieds. Die Heimkehr ist ein Fest, das mit betäubender Freude den Wandernden überfällt. Die Verbundenheit mit der Heimat geschieht durch einen tieferen, unbestechlichen Sinn, die Witterung:

Sie spüren nemlich die Heimath (Das Nächste Beste)

Heimat ist ein magisches Reich; die Töne und Düfte sind es, die sich dem Kind unvergeßlich einprägen – sobald sie wieder auftauchen, ist mit ihnen die ganze Welt der Heimat in der Erinnerung gegenwärtig:

und Rosendornen
Und süße Linden duften . . . (Heimath)

Wie durch einen Zauberstab ist mit diesen Worten das verwunschene Land der Kindheit beschworen und leibhaftig da. Hier, im Rätselhaften, Unfaßbaren liegt es – in der Schwingung, in der Luft: *der süße Ton der Heimath.*

Heimatluft – für Hölderlin war es Neckarluft, Albluft. In seiner Ode *Der Nekar* feiert Hölderlin den Strom seiner Heimat als einen nahen Freund und Gespielen:

In deinen Thälern wachte mein Herz mir auf
Zum Leben, deine Wellen umspielten mich,
Und all der holden Hügel, die dich
Wanderer! kennen, ist keiner fremd mir.

Auf ihren Gipfeln löste des Himmels Luft
Mir oft der Knechtschaft Schmerzen; und aus dem Thal,
Wie Leben aus dem Freudebecher,
Glänzte die bläuliche Silberwelle.

Lauffen am Neckar. Stich um 1800

Der Berge Quellen eilten hinab zu dir,
Mit ihnen auch mein Herz und du nahmst uns mit,
Zum stillerhabnen Rhein, zu seinen
Städten hinunter und lustgen Inseln.

Immer sind es Worte einer behutsamen Liebe, mit denen Hölderlin seine Heimat anspricht, Worte der Frömmigkeit. So begrüßt Hölderlin seinen *heiligen* Geburtsort, Lauffen am Neckar:

...wo mir den lieben Geburtsort
Und die Insel des Stroms blaues Gewässer umfließt.
Heilig ist mir der Ort, an beiden Ufern, der Fels auch,
Der mit Garten und Haus grün aus den Wellen sich hebt.
Dort begegneten wir uns; o gütiges Licht! wo zuerst
Deiner gefühlteren Stralen mich einer betraf.[3]

Lauffen liegt an der Mündung der Zaber in den Neckar. Dem Dorf gegenüber, auf der andern Seite der Zaber, liegt das alte Kloster, genannt das «Dörfle». Dort, im «Dörfle», wurde Hölderlin am 20. März 1770 geboren. Dort hatte das Kind seine erste Heimat.

Als Hölderlin vier Jahre alt war, zog die Familie nach Nürtingen, einer kleinen Landstadt am Fuß der Schwäbischen Alb und wiederum am Neckar. Die Familie bewohnte dort den «Schweizerhof», ein An-

wesen mit Scheuern, «Kellern, Schweineställen, DörrHäußlen, Bronnen» und einem großen «Baum-, Graß-, und Kuchin Gardten»[4]. Hölderlins Mutter lebte bis zu ihrem Tod in Nürtingen. So blieb dieser Ort stets in Hölderlins Wanderleben ein Ort der Heimkehr.

Und doch gab es für Hölderlin nie (es sei denn in den Jahren des späten Wahnsinns?) einen äußern Ort der echten Verankerung. Eben darum haben seine Worte, wenn er von der Heimat spricht und die Heimat preist, oft jene besondere schwermütige Zärtlichkeit. Die Heimat war ihm eine Welt voller Duft und Zauber. Einen Ort der Bleibe aber fand er in ihr, so lange er bei wachem Geist war, nicht. Sein Schicksal war das des Ungenügsamen, immer Beginnenden, Aufbrechenden, Sich-Übenden — *wohin denn ich* heißt darum sein Ruf. Die Ode *Mein Eigentum* berichtet von der konsequenten Härte des Heimatgrunds dem gegenüber, der sich ihren Naturgesetzen nicht unterwirft:

Beglükt, wer, ruhig liebend ein frommes Weib,
Am eignen Heerd in rühmlicher Heimath lebt,
Es leuchtet über vestem Boden
Schöner dem sicheren Mann sein Himmel.

Denn, wie die Pflanze, wurzelt auf eignem Grund
Sie nicht, verglüht die Seele des Sterblichen,
Der mit dem Tageslichte nur, ein
Armer, auf heiliger Erde wandelt.

Einige Worte umreißen, was Inbegriff äußern Wohnens ist: das Glück, die gefügte Liebe zu einem Weib, der Herd, der feste Boden, die Sicherheit. Ebenso knapp ist das Schicksal des andern gezeichnet, des Heimatlosen. Die Verse sind voll Wehmut und Trauer. Und doch spüren wir sehr genau, wo die verborgene Liebe des Dichters liegt. Sie gehört dem Wurzellosen, dem Wanderer. Wie leidenschaftlich sind die Worte, mit denen er von ihm spricht! Ein Armer ist er. Aber er ist, als der immer Wandelnde, dem Tageslichte gleich. — Hier ist eine der Stellen, wo uns jenes schlafwandlerische Wissen streift, das Hölderlin von seinem Schicksal hatte: er wußte, daß der Weg des Geist-Getriebenen ins *Verglühen* führt.

Das heilige Gut, das der Heimatlose in sich trägt und nicht vergessen, sondern hüten und wach erhalten soll, ist das Leid. Es ist das Geschenk der Götter für den, der sich in die Sphäre der Liebe wagte. Die Wunde der Liebe macht ihn ruhelos und grenzenlos. Nichts kann ihn binden. Die Begegnung mit der Heimat wird ihm zur Selbstbegegnung, an ihren Ufern kommt er von neuem zum Bewußtsein seines uferlosen *heiligen Laids*:

Froh kehrt der Schiffer heim an den stillen Strom,
Von Inseln fernher, wo er geerndtet hat;
So käm' auch ich zur Heimath, hätt' ich
Güter so viele, wie Laid, geerndtet.

Ihr theuern Ufer, die mich erzogen einst,
Stillt ihr der Liebe Leiden, versprecht ihr mir,
Ihr Wälder meiner Jugend, wenn ich
Komme, die Ruhe noch einmal wieder?

Am kühlen Bache, wo ich der Wellen Spiel,
Am Strome, wo ich gleiten die Schiffe sah,
Dort bin ich bald; euch traute Berge,
Die mich behüteten einst, der Heimath

Verehrte sichre Grenzen, der Mutter Haus
Und liebender Geschwister Umarmungen
Begrüß' ich bald und ihr umschließt mich,
Daß, wie in Banden, das Herz mir heile,

Ihr treugebliebnen! aber ich weiß, ich weiß,
Der Liebe Laid, diß heilet so bald mir nicht,
Diß singt kein Wiegensang, den tröstend
Sterbliche singen, mir aus dem Busen.

Denn sie, die uns das himmlische Feuer leihn,
Die Götter schenken heiliges Laid uns auch,
Drum bleibe diß. Ein Sohn der Erde
Schein' ich; zu lieben gemacht, zu leiden. *(Die Heimath)*

Flüchtig werden in dem Gedicht einige äußere Konturen faßbar: die Ufer des Neckars, die Wälder und Berge der nahen Alb, das Haus der Mutter in Nürtingen. Aber alles Äußere gewinnt Dimension durch die Tiefe des Mythos, der dahinter sichtbar wird. Gewichtiger als die einzelnen angedeuteten Elemente, aus denen die Heimat gebaut ist, sind die Energien, durch die sie wirkt. Diese Energien sind bezeichnet mit den Worten stillen, hüten, lieben, umschließen, heilen, bleiben. Mit geheimnisvoller Sicherheit umschreiben diese Worte die Macht der Heimat. Die Heimat übt ihre Macht durch die Stille, durch die einwiegend-bergende Hut. Ihre Macht ist die

Das «Dörfle» bei Lauffen; links Hölderlins Geburtshaus. Bleistiftzeichnung, Anfang des 19. Jahrhunderts

haltende Grenze, die Umarmung, die Umschließung. Und hier, in der schonenden Einengung, liegt auch das, was dem Geist-Getriebenen immer fremd bleiben muß. Mit den Worten *ich weiß, ich weiß* eröffnet sich jäh eine andre Gewalt. Eine Gewalt, deren Helligkeit durch keinen Wiegensang zu trüben und deren Schmerz durch keine tröstenden Bande zu stillen ist. Die Gewalt einer absoluten Liebe, die keine Begrenzung duldet.

Diese Gewalt verläßt Hölderlin nie mehr. Aber der Dichter versteht sie zu objektivieren, seine Person ganz in den Hintergrund zu stellen. Er widmet seinen Gesang den mythischen Mächten – so auch der Macht der Heimat –, und das eigene Schicksal bleibt verschwiegen oder tritt nur an einigen Stellen scheu heraus. Diese herbe Auffassung des dichterischen Auftrags bestimmt den Ton der Elegie *Heimkunft,* die in einem reichen Bogen die Begegnung mit der Heimat erzählt.

Nürtingen. Gezeichnet und lithographiert von G. W. Vogel, 1829

... Heimzugehn, wo bekannt blühende Wege mir sind,
Dort zu besuchen das Land und die schönen Thale des Nekars,
Und die Wälder, das Grün heiliger Bäume, wo gern
Sich die Eiche gesellt mit stillen Birken und Buchen,
Und in Bergen ein Ort freundlich gefangen mich nimmt.

Dort empfangen sie mich. O Stimme der Stadt, der Mutter!
O du triffest, du regst Langegelerntes mir auf!
Dennoch sind sie es noch! noch blühet die Sonn' und die Freud' euch,
O ihr Liebsten! und fast heller im Auge, wie sonst.
Ja! das Alte noch ists! Es gedeihet und reifet, doch keines
Was da lebet und liebt, lässet die Treue zurük.

Aber das Beste, der Fund, der unter des heiligen Friedens
Bogen lieget, er ist Jungen und Alten gespart.
Thörig red ich. Es ist die Freude. Doch morgen und künftig
Wenn wir gehen und schaun draußen das lebende Feld
Unter den Blüthen des Baums, in den Feiertagen des Frühlings
Red' und hoff' ich mit euch vieles, ihr Lieben! davon.

Mit gesammelter Einfachheit werden die Stationen des Erlebens nachgezeichnet. Wenn man den Weg, den man geht, plötzlich erkennt und merkt: er ist mir bekannt, dann ist dies das Erlebnis des Heimkehrens. Man weiß sich auf einmal gefangen. Heiter spielt Hölderlin mit den Worten *gefangen – empfangen*. Das Empfangen im Laut, in der umhüllenden Stimme der Heimat ist ja auch ein Gefangennehmen. Plötzlich wacht das im Dämmer der Kindheit Gewohnte, Angelernte auf und tritt ins Bewußtsein. Dies alles – die bekannten, blühenden Wege, die umfangende Hülle des Waldes, die empfangende Stimme der Stadt, die Treue, der geheimnisvoll ungenannte Fund: es versetzt den Heimkehrenden in die Verzauberung der Torheit, die das lauterste Zeichen der Freude ist.

Thörig red ich. Es ist die Freude.

Die hüllenlose Torheit des Kindes, die durch diese Worte spielt, gehört zum Besten, Tiefsten, was Hölderlins Dichtung birgt. Es ist etwas ganz Einfaches: der lichte Strahl des Herzens, der weder durch intellektuelle Spiegelung gebrochen noch auch durch gefällige Sentimentalität getrübt ist. Das ernste Licht dieser Herzlichkeit macht Hölderlins Sprache zur *Sprache der Reinesten* – deren Kennzeichen, nach seinen eigenen Worten, dies ist, daß sie *thörig göttlich* ertönt *(Der Rhein)*. Die gewaltige Rhythmik der großen Gesänge ist gebaut aus Worten dieser begnadeten Torheit.

DIE MÜTTER

In Hölderlins Briefen an die Seinigen begegnen wir immer wieder der Wendung: *unsre lieben Mütter.* Hölderlin meint damit seine Mutter und die Großmutter – die Mutter der Mutter. Diese Großmutter lebte seit Hölderlins frühster Kindheit meist mit im Elternhaus. Vom neunten Lebensjahr des Kindes, dem Tod des Stiefvaters an, war dies ja nur *der Mutter Haus.* Hölderlin stand unter der Sorgfalt und Hut der beiden Mütter, denen Hölderlins Mutter selbst einmal den klassischen Ausdruck «uns benglichen Frauenzimmern» gab[5].

Das Bild, das Hölderlin vom Haus seiner Heimat in sich hatte, war also geprägt von der Gestalt der Mutter, hinter der die stillere der Großmutter auftaucht: Johanna Rosina Heyn, geb. Sutor (1725–1802).

Zum 73. Geburtstag der Großmutter bittet Hölderlins Mutter ihren Sohn, ein Festgedicht für die alte Frau zu machen. Hölderlin ist von dem Brief der Mutter tief angerührt:

Auch hat mich dieser Tage ein Brief von unserer lieben Mutter, wo sie ihre Freude über meine Religiosität äußerte, und mich unter anderem bat, unserer theuern 72jährigen Grosmutter ein Gedicht zu ihrem Geburtstage zu machen, und noch manches andere, in dem unaussprechlich rührenden Briefe so ergriffen, daß ich die Zeit, wo ich vieleicht an Dich geschrieben hätte, meist mit Gedanken an sie und euch Lieben überhaupt zubrachte. Ich habe auch denselben Abend noch, da ich den Brief bekommen, ein Gedicht für die l. Grosmutter angefangen, und bin in der Nacht beinahe damit fertig geworden... die Töne, die ich da berührte, klangen so mächtig in mir wieder, die Verwandlungen meines Gemüths und Geistes, die ich seit meiner Jugend erfuhr, die Vergangenheit und Gegenwart meines Lebens wurde mir dabei so fühlbar, daß ich den Schlaf nachher nicht finden konnte...

Hier die wesentlichen Teile aus dem Gedicht (Hölderlin täuscht sich in der Zahl der Jahre):

Meiner verehrungswürdigen Grosmutter
zu ihrem 72sten Geburtstag

Vieles hast du erlebt, du theure Mutter! und ruhst nun
Glüklich, von Fernen und Nah'n liebend beim Namen genannt,
Mir auch herzlich geehrt in des Alters silberner Krone
Unter den Kindern, die dir reifen und wachsen und blühn.
Langes Leben hat dir die sanfte Seele gewonnen
Und die Hofnung, die dich freundlich in Leiden geführt.
Denn zufrieden bist du und fromm, wie die Mutter, die einst den
Besten der Menschen, den Freund unserer Erde gebahr...
Allversöhnend und still mit den armen Sterblichen gieng er,
Dieser einzige Mann, göttlich im Geiste, dahin.

Hölderlins Mutter Johanna Christiane Hölderlin, geb. Heyn (1748—1828). Gemälde, 1767

Keines der Lebenden war aus seiner Seele geschlossen
Und die Leiden der Welt trug er an liebender Brust . . .
Und du kennest ihn auch, du theure Mutter! und wandelst
Glaubend und duldend und still ihm, dem Erhabenen, nach.

Zwei Bilder spielen in dem Gedicht ineinander: das Bild von dem Baum mit des *Alters silberner Krone*, in dessen Ausstrahlung die Kinder *reifen und wachsen und blühn*, von dessen segnender Liebe genährt das Kind, einer Pflanze gleich, gedieh — und dazwischen das andere, kühnere von der Madonna, die des Allversöhnenden Mutter und Magd zugleich war, die ihm vorausging und ihm *glaubend und duldend und still* nachfolgte.

Die Nachricht vom Tode der Großmutter trifft Hölderlin in Bordeaux. Hölderlin antwortet der Mutter in einem Brief, der zum Großartigsten gehört, was wir im Bereich des Totengedenkens kennen. Einfachheit verbindet das Fromme mit herber Festigkeit.

Bordeaux. am Charfreitag. 1802.

Meine theure Mutter!

Verkennen Sie mich nicht, wenn ich über den Verlust unserer nun seeligen Grosmutter mehr die nothwendige Fassung, als das Laid ausdrüke, das die Liebe in unsern Herzen fühlt. Ich finde, daß man ohne vesten Sinn nicht wohl auskommt ... die zärtlichen guten Worte, die, wie Sie wissen, mir zu leicht vom Munde gehen, ich muß sie sparen für jezt, ich darf nicht Sie und mich noch mehr dadurch bewegen. Das neue reine Leben, das, wie ich glaube, die Gestorbenen nach dem Tode leben, und das der Lohn ist auch für die, die, wie unsere theure Grosmutter, ihr Leben lebten in heiliger Einfalt, diese Jugend des Himmels, die nun ihr Antheil ist, nach der so lange ihre Seele sich sehnte, diese Ruhe und Freude nach dem Leiden, wird auch Euer Lohn seyn, theure Mutter ... Indessen geleite uns ein treuer gewisser Geist, und der Hohe im Himmel gebe, daß wir nicht lässig seyen, und was wir thun mit Maas thun, und das Schikliche treffen in dem, was unsere Sache ist!

Mit einem nüchternen Hinweis auf das Gegenwärtige schließen Hölderlins Worte über den Tod, mit dem Hinweis auf das *Maas* und auf das, *was unsere Sache ist.*

Damit sind wir mitten in Hölderlins Beziehung zu seiner Mutter. Diese Beziehung ist, neben der zu Diotima, die Partnerschaft mit dem größten Gewicht, wohl auch die mit der größten Last in seinem Leben. Durch den zitierten Brief ist die tiefste Schicht der Gemeinsamkeit mit der Mutter schon berührt. Es ist die Spannweite des Gemüts, die fähig ist, jedes Schicksal in seiner ungeschwächten Wucht zu akzeptieren und zu tragen.

Johanna Christiane, geb. Heyn, heiratete in ihrem achtzehnten Lebensjahr den zwölf Jahre älteren Heinrich Friderich Hölderlin, Klosterhofmeister in Lauffen. Im fünften Ehejahr verlor sie eine Tochter, im sechsten den Mann, der an einem Schlaganfall verschied. Nach zwei Jahren schloß sie eine neue Ehe mit dem Bürgermeister von Nürtingen, Kammerrat Gock. In dieser Ehe starben ihr von vier Kindern abermals drei im Säuglingsalter. Was sie dann aber völlig niederschlug, war der Tod des zweiten Mannes im fünften Jahr dieser Ehe. Den Tod des Stiefvaters stellt der sechzehnjährige Sohn in seinem Gedicht *Die Meinige* mit kindlicher Drastik dar:

Als am schröklich stillen Sterbebette
Meine Mutter sinnlos in dem Staube lag —

Wehe! noch erblik ich sie, die Jammerstätte,
Ewig schwebt vor mir der schwarze Sterbetag –

Ach! da warf ich mich zur Mutter nieder,
Heischerschluchzend blikte ich an ihr hinauf;
Plözlich bebt' ein heilger Schauer durch des Knaben Glieder,
Kindlich sprach ich – Lasten legt er auf,
Aber o! er hilft ja auch, der gute –
Hilft ja auch der gute, liebevolle Gott – –

In einer seltsam eindringlichen Rückschau schreibt dann, Jahre später, der Neunundzwanzigjährige aus Homburg:

Sie, liebste Mutter! haben mir diesen Hang zur Trauer nicht gegeben, von dem ich mich freilich nicht ganz rein sprechen kann. Ich sehe ziemlich klar über mein ganzes Leben, fast bis in die früheste Jugend zurük, und weiß auch wohl, seit welcher Zeit mein Gemüth sich dahin neigte. Sie werdens kaum mir glauben, aber ich erinnere mich noch zu gut. Da mir mein zweiter Vater starb, dessen Liebe mir so unvergeßlich ist, da ich mich mit einem unbegreiflichen Schmerz als Waise fühlte, und Ihre tägliche Trauer und Thränen sah, da stimmte sich meine Seele zum erstenmal zu diesem Ernste, der mich nie ganz verlies, und freilich mit den Jahren nur wachsen konnte.

Ob wir Hölderlin in seiner Beteuerung, sein *Hang zur Trauer* stamme nicht von der Mutter, zustimmen wollen oder nicht – wichtig ist, den unauslöschlichen Eindruck zu erkennen, den die *tägliche Trauer und Thränen* der Mutter in der Seele des Kindes bewirkten. Dieser Eindruck rückte das kindliche Gemüt frühzeitig in den schwermütigen Ernst, der dann später die Worte seiner Dichtung belud, in den Ernst, aus dem Hölderlins Mythos von dem Leid erwächst:

es nährt
Das Leben vom Laide sich ... [6]

Die Beziehung Hölderlins zu seiner Mutter hat das Schicksalhafte, zu Zeiten auch Schwere daher, daß Hölderlin in ihr ja ständig sich selbst begegnete, in ihrem Ernst seinem Ernst, in ihrer Dunkelheit seiner Dunkelheit. Darum hat es einen etwas rührenden Beiklang, wenn Hölderlin seiner Mutter rät: *Werden Sie nur heiter, liebste Mutter!*

Voller Redlichkeit schreibt Hölderlin an seine Mutter: *Ich weiß es, liebste Mutter, daß sich nicht alles vermeiden, und daß Ihr zartempfindendes Gemüth sich nicht so leicht abhärten läßt, aber Sie sollten nur nicht in einen geheimen Bund sich mit dem Schmerz einlassen, und nicht zu generos ihn in sich walten lassen.* Aber man muß nur ein Wort aus dem *Hyperion* danebenstellen, um sofort genau zu wissen, wie tief sein eigner *geheimer Bund mit dem Schmerz* ist: *Ja! ja! werth ist der Schmerz, am Herzen der Menschen zu liegen, und dein Vertrauter zu seyn, o Natur! Denn er nur führt von einer Wonne zur andern, und es ist kein andrer Gefährte, denn er.* [7]

Ein knapper Satz aus einem Brief an den Stiefbruder läßt erkennen, wie Hölderlin die Schwermutskraft seiner Mutter in einem letzten, überpersönlichen Sinne versteht: *Unsere gute Mutter bedaur' ich herzlich* (schreibt er in den kriegerischen Sommertagen 1796), *und bin besorgt für sie, weil ich weiß, wie viel sie unter solchen Umständen durch ihren Sinn und ihre Demuth leidet.* Hölderlin deutet damit die Dunkelheit des mütterlichen Gemütes auf die Frömmigkeit, und findet so die verklärende Formel im Sinn seiner Verkündigung *alles ist gut (Patmos).*

Das einzige Bild, das uns von Hölderlins Mutter überliefert ist, stammt aus ihrem neunzehnten Lebensjahr und zeigt ein zartes Mädchen mit großen, kindlichen Augen und einem sensiblen Mund. Über die Zweiunddreißigjährige schreibt Johann Friedrich Blum, ein Bekannter der Familie, in seinem Tagebuch: «Sie ist eine junge schöne Witwe von ungefähr 26 – 28 Jaren; voller Anmuth und scheint sehr vernünftig zu seyn»[8]. Aber die alte Frau, die geprüfte, gefurchte, gebeugte ist es, zu der Hölderlin den tieferen Zugang findet. Um vom Gemüt dieser Frau einen ungebrochenen Eindruck zu vermitteln, sei hier ihr einziger erhaltener Brief an den Sohn abgedruckt:

«Allerliebster Sohn!

ob ich schon nicht so glücklich bin auf mein wiederholtes Bitten auch einige Linien von Dir mein Lieber zu erhalten, so kan ich es doch nicht unterlassen, Dich manchmahl von unserer vordauerenden Liebe, und Andencken zu versichern. wie sehr würde es mich freüen und erheitern, wan Du mir nur auch wieder einmahl schreiben woltest, daß Du die l. Deinige noch liebst und an uns denckest. Vieleicht habe ich Dir ohne mein Wisen, und Willen Veranlasung gegeben, daß Du empfindlich gegen mich bist, und so bitter entgelten läsest, seye nur so gut, und melde es mir, ich will es zu verbesern suchen ...

Besonders aber bitte ich Dich herzlich, daß Du die Pflichten gegen unser l. Gott und Vatter im Himmel nicht versäumest. wir können auf dieser Erde keine grösere Glückseligkeit erlangen, als wan wir bey unserem l. Gott in gnaden stehen. nach diesem wollen wir mit allem ernst streben, daß wir dort einander wieder finden wo keine Trennung mehr sein wird.

ich sende Dir anbey ein Wämesle und 4 Paar strümpf und 1 paar Handschu als einen Beweis meiner Liebe und Andencken. ich bitte Dich aber, daß Du die Wollene Strümpfe auch trägst ...

Nebst unserm allerseitigen herzlichen Gruß und Bitte daß Du mich auch wieder mit etwas erfreust und bald schreibst, schliese ich mit der Versicherung daß ich unverändert verharre

Deine
getreue M. Gockin»

Nürtingen
d. 29. Octobr. 1805

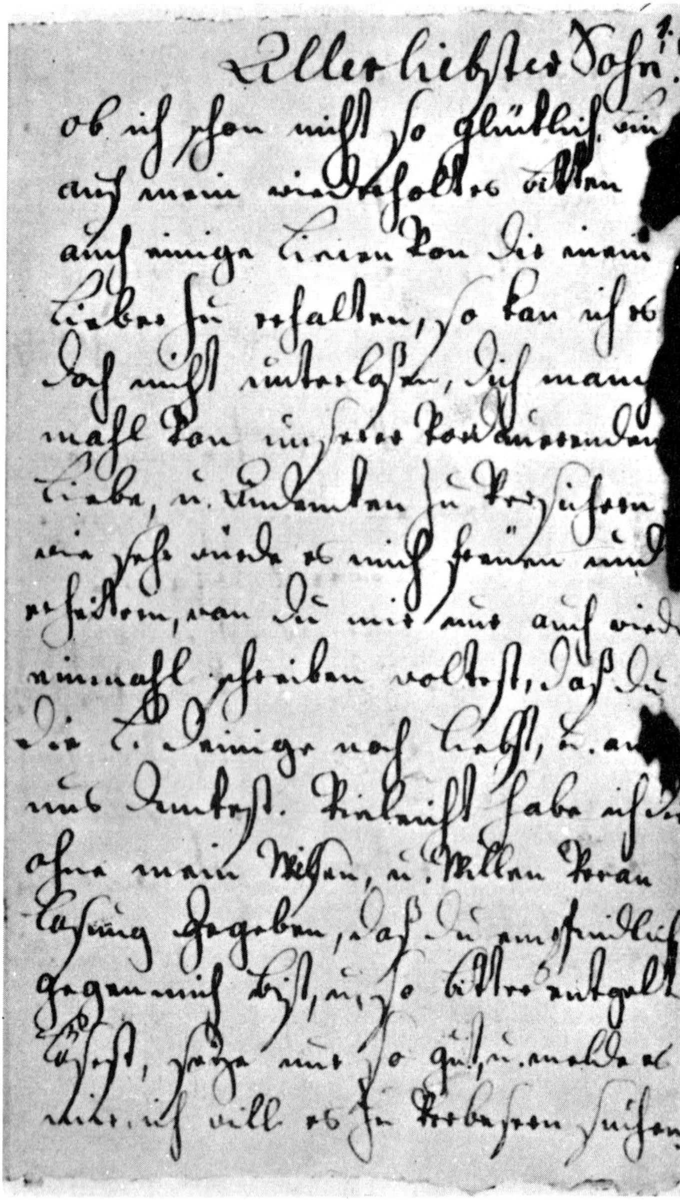

1.
Aller liebster Sohn!
Ob ich schon nicht so glücklich bin
auf mein wiederholtes bitten
auch einige Zeilen von dir mein
Lieber zu erhalten, so kan ich es
doch nicht unterlassen, dich man-
mahl von unserer fortdaurenden
Liebe, u. Andenken zu versichern
wie sehr würde es mich freuen und
erquiken, wan du mir nur auch wieder
einmahl schreiben woltest, daß du
dir die Deinige noch liebst, u. an
uns denkest. Vielleicht habe ich
ohne mein Wissen, u. Willen Veran-
lassung gegeben, daß du empfindlich
gegen mich bist, u. so bitter entgelt
lassest, sage mir es so gut, u. melde es
mir. ich will es zu verbessern suchen

Hölderlins Mutter an ihren Sohn. 29. Oktober 1805

Einer der unscheinbarsten Gedanken in dem Brief ist der Satz vom Jenseits, in dem wir «einander wieder finden wo keine Trennung mehr sein wird». Es geht hier – das verrät der schwermütige Klang des ganzen Briefes – nicht mehr nur um äußere Trennung. Längst hat, im Jahre 1805, die Mutter die Gemütskrankheit des Sohnes so tief erkannt, daß ihr die Trennung vom Herzen des Geliebten ein Schicksal geworden ist.

Die schmerzensreiche Liebe der Mutter zu ihrem Sohn kommt noch einmal in ihrem Testament zum Ausdruck. Dort heißt es:

«mein Danck gegen den l. Gott ist desto gröser, der mir in dem langen Lauff meines trauerigen Witten Standtes, u. wo der L. Gott vor gut fand mir noch das schwehrste, u. Härteste wo je eine Mutter treffen kan, mir auf zu legen. wo ich unter der last von Kumer u. Sorgen schon lange erlegen seyn solte u. die Sume von Kosten vor meinen l. bedauern würdigen Sohn nach meinem Vermögen viel zu groß, u. doch halff der L. Gott alles tragen u. ist mir selbst unbegreifflich ...»

Die Energie der Frömmigkeit, die Hölderlins Leben durchzieht und wie ein versöhnliches Licht auch über seiner Tragik steht, ruht wesenhaft in seiner Beziehung zur Mutter. Man kann wohl sagen, daß dies der Grund ist, warum Hölderlin diese Bindung in den Jahren der immer schwereren Schicksalsprüfungen in wachsendem Maße ernst genommen hat.

Unmittelbar neben diesem tiefsten Einverständnis gibt es eine andre Schicht, in der dieses Einverständnis wohl nie verwirklicht werden konnte. Man gibt dieser problematischen Seite oft zu viel Gewicht. Nimmt man die Zeugnisse wörtlich, so wird man vorsichtig mit dem Urteil. Vor allem dem psychologisierenden Zugriff ist größte Zurückhaltung geboten. Hier sei der härteste Punkt der Reibungen zwischen Mutter und Sohn herausgegriffen: die Berufsfrage.

Die leidvolle Kette der Mißverständnisse ist ohne Mühe zurückzuführen auf die Diskrepanz zwischen der – im vornehmsten Sinne – bürgerlichen Vorstellungswelt der Mutter und den Gesetzen der Geist-Getriebenheit, denen der Sohn zu gehorchen hatte.

Der Mutter einzige Hoffnung – man kann wohl sagen: eine geradezu religiöse Hoffnung, war, ihr «allerliebster Sohn» würde ein Verkünder von Gottes Wort (wenn man ihren Wunsch von seinem tiefsten Grund her so interpretieren darf). Wie überwältigend sich dieser Wunsch erfüllte, hat sie nie begriffen, weil er sich so anders erfüllte, als ihre Vorstellung es zu fassen vermochte. Für sie gab es keine andere Stelle, an der dieser Beruf Segen fände, als die Kanzel.

Es war eine zutiefst wissende Stimme der Furcht, die die Mutter bestimmte, mit einem ständigen Nachdruck immer neue Möglichkeiten ausfindig zu machen, den Sohn doch noch zu binden – zu binden in ein *festes häusliches Verhältniß*, zu binden in einen *ökonomischen Zustand*, zu binden am Ende auch in einen *Bund fürs ganze Leben*, in dem der Unruhige endlich sich verwurzeln könnte. Die Stimme der Furcht war von jener sehr gründlichen Ahnung geleitet, wie sie nur Mütter haben können – der Ahnung um die im Sturm des Umhergetriebenseins zerbrechende Seele ihres Kindes. Die Mittel, nach denen die Furcht griff, um die Gefahr zu bannen, waren Folien, dem Gesichtskreis der bürgerlichen Sitte entsprechend, nie aber dem des Genius.

Allergisch reagiert Hölderlin verständlicherweise besonders auf das Ansinnen der Mutter, ihn zu verheiraten – verständlich, weil es hier um die heilige Sphäre der *Gottheit* geht, *die zwischen mir und Dir ist.* Ein mit beruflichen Aspekten verquicktes Angebot der «Einheirat» weist er mit dem freundlichen Bild ab: *Ein ruhiger Ehemann ist eine schöne Sache; nur muß man einem nicht sagen, daß er in den Hafen einlaufen soll, wenn er von seiner Fahrt die Hälffte kaum zurückgelegt hat.* Dem Bruder gibt er den tieferen Kommentar, in dem Hölderlins sehr genaues Wissen um die menschlichen Gesetze angedeutet ist: *Es darf in beeden Theilen nicht der leise Wunsch sich regen, daß man sich gefallen möchte, weil es so gerade recht sich schikte.*[9]

Das Gespräch mit der Mutter über die Berufsfrage selbst ist für den gewissenhaften Sohn ein ständiger Anlaß zur Bedrückung. Seine zwiespältige Situation ist treffend ausgedrückt in dem Satz: *Ich bin glüklich und unglüklich durch Ihre Güte.* Der Gedanke, im Predigeramt zu wirken, bedeutet ihm eine unverantwortbare Verleugnung des eigenen Tons zugunsten des Normaltons (es ist kein Zufall, daß Hölderlin sich musikalisch ausdrückt): *Ich würde schwerlich in den Vortrag, der bei unsern Gemeinden eingeführt und unumgänglich ist, so gut einstimmen und so leicht, als nötig wäre.* So vorsichtig und taktvoll spricht er der Mutter gegenüber. Aber er bittet sich auch mit großer Bestimmtheit aus, seine Gründe ernstzunehmen: *Ich bitte, halten Sie diß für keine Grillen, keine Phantasien, wie man gewöhnlich unter meinen Landsleuten derlei Äußerungen zu nehmen pflegt.*

Einige flüchtige Streiflichter zum Thema der Mütterlichkeit in Hölderlins Dichtung mögen das Kapitel beschließen. Man wird wohl nie endgültig trennen können, wieviel von dem, was in der Dichtung Gestalt wird, angeregt ist durch die Erscheinung der eignen Mutter, wieviel Urerinnerung ist an die Substanz des ewig Mütterlichen, wieviel Meditation vor dem Bild der Maria. Die Dichtung verbindet dies alles zu einer neuen Einheit. Manche Züge aus der eignen Schicksalswelt des Dichters sind darin zu erkennen, andre Züge stammen aus den objektiven Dimensionen.

Die Mutter tritt hier – wie in Hölderlins Dichtung überhaupt – vor allem in der Gestalt der *Mutter Erde* oder der *Mutter Natur* auf (später dann in der Gestalt der *Madonna*). Wollte man nun abwägen, welches von den jeweils zwei Begriffen Beiwort ist und welches das Zentralwort – ob also, bei der *Mutter Erde,* Mutter nur dichterischer Titel ist und Erde die eigentliche Substanz des Gemeinten, oder ob es umgekehrt ist –, wollte man dies gegeneinander ausspielen, geriete man ganz am Verständnis der mythischen Wirklichkeit vorbei. Das Erlebnis *Mutter* verschmilzt für das Auge des Sehers mit dem Erlebnis: Erde, Natur. *Erde, Natur* sind ihm der lebendige Leib der Mutter.

In der Hymne *Der Mutter Erde* kündet der Dichter den priesterlichen Dienst des Menschen an der Gestalt der Mutter an:

Viel Zeiten sind vorübergegangen. und oft hat einer von
dir ein Herz im Busen gefühlt. Geahndet haben
die Alten, die frommen Patriarchen, da sie wachten bis jezt und im Verborgnen
haben, sich selbst geheim, in tiefverschloßner Halle dir
auch verschwiegne Männer gedienet, die Helden aber,
die haben dich geliebet, am meisten, und dich die Liebe genannt,
oder sie haben dunklere Nahmen dir, Erde gegeben, denn es schämet, sein Liebstes zu nennen, sich von Anfang der Mensch, doch wenn er Größerem sich genaht, und der Hohe hat es geseegnet, dann nennt er, was ihm eigner ist, beim eigenen Nahmen.

Fast klingt es wie die Kunde von einer Verschwörung – der gleichsam geflüsterte Bericht von dem verschwiegenen Dienst an der Mutter, einem Dienst, der vielleicht als heidnisch abgetan werden wird – oder dessen dunkles Glück die neidischen Mächte des Tages den Liebenden nicht gönnen wollen. Die Gefäße dieses Kultes sind darum noch tief verborgen im Grund des mütterlichen Schweigens:

und die Schaale des Danks
Und Opfergefäß und alle Heiligtümer
Begraben dem Feind in verschwiegener Erde. (Der Mutter Erde)

Aber es gehört auch zum Mysterium dieses Dienstes, daß er in der Scheu befangen bleibt und sich der mütterlichen Gestalt nur wie im Geheimnis des Waldes nähern kann:

Doch Himmlische, doch will ich
Dich feiern und nicht soll einer
Der Rede Schönheit mir
Die heimatliche vorwerfen,
Dem Fremden, nemlich unzugänglich bist du, geheim,
Im Gewölbe des uralten Waldes ...

DIE VÄTER

Der Name, den Hölderlin von seinen Vätern erhalten hat, ist uns wert genug, daß wir uns einen Augenblick dabei aufhalten. «Holder» ist der alte Name für Holunder, «Hölderlin» heißt: der kleine Holunder. Das Wappen der Hölderlin trägt einen Holunderzweig.

Der Holunder ist ein altgeheiligter Baum. In vielen deutschen Gegenden galt er als der Lebensbaum oder als der Baum, in dem der Schicksalsgeist wohnt. Es ist ein mütterliches Wesen, das im Holunder haust, ein schützendes, heilendes. «Vor dem Holderbaum sollst du den Hut abnehmen» heißt darum ein altes Sprichwort. Wie viele heidnisch-religiöse Überlieferungen, so war auch der Holunderglaube im katholischen Mittelalter als höllisch verfemt. Wer mit dem Holunder zu tun hatte, war darum des Teufels; «Hölderlin» war im Mittelalter ein Name für den Teufel [10].

Hölderlin wurde von seinen Freunden manchmal «Holder» genannt, vor allem aber hieß er – in der Tübinger Studentenzeit – *Holz*. In der Elegie *Der Wanderer* läßt er seinen Namen einmal leicht anklingen:

wo die Ulme das alternde Hofthor
Übergrünt und den Zaun wilder Holunder umblüht,
Da empfängt mich das Haus und des Gartens heimliches Dunkel,
Wo mit den Pflanzen mich einst liebend mein Vater erzog.

Und spät, in dem Fragment *Vom Abgrund nemlich*, stoßen wir plötzlich wieder auf den Holderbaum:

Allda bin ich
Alles miteinander. Wunderbar
Aber über Quellen beuget schlank
Ein Nußbaum und sich. Beere, wie Korall
Hängen an dem Strauche über Röhren von Holz ...

Zu seinem Vater konnte Hölderlin keine bewußte Beziehung haben. Der Vater starb, als das Kind zwei Jahre und drei Monate alt war. Die einzigen ausgeprägteren Worte Hölderlins über seinen Vater, die bekannt sind, stehen in einem Brief des Neunundzwanzigjährigen an die Mutter:

Wie herzlich dank' ich Ihnen auch für die lieben Worte von meinem seeligen Vater. Der Gute, Edle! Glauben Sie, ich habe schon manchmal an seine immerheitre Seele gedacht, und daß ich ihm gleichen möchte.

Es folgt auf diesen Satz das Bekenntnis zu dem schwermütigen Ernst, der Hölderlins Grundstimmung ist, und gegen den sich nur eine im Religiösen, im Glauben wurzelnde Heiterkeit behaupten kann:

... da stimmte sich meine Seele zum erstenmal zu diesem Ernste, der mich nie ganz verlies, und freilich mit den Jahren nur wachsen konnte. Ich habe aber auch in der Tiefe meines Wesens eine Heiter-

Hölderlins Vater Heinrich Friderich Hölderlin (1736—1772). Gemälde, 1767

keit, einen Glauben, der noch oft in voller wahrer Freude hervorgeht, nur lassen sich zu dieser so leicht nicht Worte finden, wie zum Laide.

Vom Temperament des für Hölderlin nur als dunkle Ahnung wirklichen Vaters können wir außer diesen Zeilen kaum etwas berichten. Ein Bildnis des Einunddreißigjährigen zeigt einen Herrn in vornehmem, strengem Kostüm. Aus der Mundpartie spricht eine gewisse sensible Weichheit, über wachen, weltoffenen Augen hebt sich eine weite Stirn; Energie und vielleicht Eigensinn liegen um die Schläfenpartie. Heinrich Friderich Hölderlin war zwölf Jahre älter als die Mutter des Dichters. Er stammte aus Lauffen. Nach einem «vergnügtesten» Studium übernahm er als Sechsundzwanzigjähriger die Klosterhofmeister-Stelle seines Vaters in Lauffen. Von der prächtigen, an barocken Glanz erinnernden Hochzeit geben die Geschenke, die er seiner Braut darbrachte, einen farbigen Eindruck: eine goldene Kette (für 100 Gulden), zwei Diamantringe (60 Gulden), ein granatenes Muster und zwei durchbrochene goldene Ringlein. In seinem Hof, der mit der Klostermeierei verbunden war, besaß er als persönliches Eigentum eine zweispännige Chaise mit französischem Geschirr (Pferde zum Ausfahren und ein Reitpferd gehörten dem Amt), und im Keller thronten 16 Weinfässer.[11]

Hölderlins Vater wurde als Sechsunddreißigjähriger in Lauffen bei einem «Besuche in der Oberamtei allda vom Schlage betroffen und ging in etlich Stunden dahin». Das Grab des Vaters hat der Sohn — wohl meist in Begleitung der Familie — immer wieder besucht; ein schon zitiertes Gedicht berichtet davon:

... wo mir den lieben Geburtsort
Und die Insel des Stroms blaues Gewässer umfließt.
Heilig ist mir der Ort ...
... o gütiges Licht! wo zuerst mich
Deiner gefühlteren Stralen mich einer betraf.
Dort begann und beginnt das liebe Leben von neuem;
Aber des Vaters Grab seh' ich und weine dir schon? (Stutgard)

Hölderlin war viereinhalb Jahre, als seine Mutter (in Kleebronn, wo auch ihre erste Trauung stattgefunden hatte) zum zweitenmal vermählt wurde, diesmal mit einem Gleichaltrigen: Johann Christian Gock.

Den knappen Andeutungen der Mutter in ihrem Testament können wir einiges von dem zielbewußten, unternehmerischen Charakter dieses Mannes entnehmen: 1774, als Bräutigam, kaufte er den «Schweizerhof, ein groses Haus ..., in welches Er mit Verblendung u. Dächer an Haus u. Scheuer um zu decken 500 fl. bezahlen mußte». Des weiteren «veranlaßte der thätige geist meines l. S. Mans daß Er einen beträchtlich Wein Handel anfieng, u. über 80 Eimer in eisengebundene Faß» sich anschaffte. Aus der beruflichen Tätigkeit berichtet das Testament, daß ihm der «Camerraths Tittel ohne Wisen u. Willen» besorgt worden sei. Später wurde ihm das «Bürgermeister Amt» übertragen.

Ewigteurer Vater! nennt der Knabe Hölderlin den Stiefvater (in dem Gedicht *Die Meinige*), und zärtlich spricht er von ihm noch in jenem Homburger Brief; *Da mir mein zweiter Vater starb, dessen Liebe mir so unvergeßlich ist, da ich mich mit einem unbegreiflichen Schmerz als Waise fühlte ... da stimmte sich meine Seele zum erstenmal zu diesem Ernste ...* — Der Ausdruck *mein zweiter Vater* bezeugt die echte Anhänglichkeit des Kindes, und daß es sich erst nach dem Tod des Stiefvaters als Waise fühlte, kennzeichnet die väterliche Kraft des — doch noch sehr jungen — Mannes.

In die Reihe der «Väter» müssen wir aber nun noch eine Gestalt aufnehmen, deren Bedeutung in Hölderlins Jugend wir erschließen können aus dem frühesten Brief, der uns von Hölderlin überliefert ist: Nathanael Köstlin (1744—1826). Dieser Brief des Fünfzehnjährigen beginnt so:

Hochehrwürdiger, Hochgelehrter
Insonders Hochzuverehrender Herr Helffer!

Ihre immerwährende große Gewogenheit und Liebe gegen mich, und noch etwas, das auch nicht wenig dazu beigetragen haben mag, Ihr weißer Christen-Wandel, erwekten in mir eine solche Ehrfurcht und Liebe zu Ihnen, daß ich, es aufrichtig zu sagen, Sie nicht anders, als wie meinen Vater betrachten kan.

Nathanael Köstlin, aus einer angesehenen schwäbischen Theologenfamilie stammend und selbst bedeutender Theolog seiner Zeit, war von 1775 bis 1793 Diakonus (zu deutsch: Helfer) in Nürtingen. Vom 12. bis zum 14. Lebensjahr hatte Hölderlin bei ihm täglich Privatstunde zur Vorbereitung auf das von den württembergischen Klosterschulen eingerichtete Landexamen. Selbstverständlich stand die Bibel im Mittelpunkt des Unterrichts. Durch die tägliche intensive Begegnung mit diesem Mann ist Hölderlin in bildsamstem Alter in die eindrucksvolle Welt des schwäbischen Pietismus eingeweiht worden. Dieser Pietismus wurde — das spricht schon aus dem Bildnis, das uns von Köstlin überliefert ist — durch ihn nicht in der engherzig konventikelhaften Form vertreten (deren es genug Vertreter gab und gibt), sondern in der großlinig klaren Gedanklichkeit, der frommen Gemüthaftigkeit und der Durchlässigkeit des Wesens für die geistigen Dimensionen, wie sie den Begründern des schwäbischen Pietismus eigen sind. Fast möchte man — beim Anblick seines Bildes — von einem Geisterseher sprechen. Daß eine solche Gestalt auf einen zwölf- bis vierzehnjährigen Knaben tiefste Wirkung ausübt, nimmt nicht wunder. Mutig und zugleich scheu richtet er an ihn die Bitte:

Theuerster HE. Helffer, seyn Sie mein Führer, mein Vater, mein Freund, (doch das waren Sie schon lange!) erlauben Sie mir, daß ich Ihnen von jedem Umstand, der etwas zu meinem Herzen beiträgt, von jeder Er-

Nathanael Köstlin (1744—1826). Zeitgenössisches Gemälde

Johann Albrecht Bengel (1687—1752)

weiterung meiner Kentnisse, Nachricht geben darf; Ihre Lehren, Ihr Rath, und die Mittheilung Ihrer Kentnisse, diese werden alle meine Wünsche, die sich aufs Zeitliche richten, befriedigen.

Der Brief schafft für die erstrebte Schülerschaft eine sehr konkrete Grundlage: Hölderlin unterbreitet dem *Helffer* eine Art Selbstanalyse, in der wir viele typisch pietistische Töne entdecken können:

Bald hatte ich viele gute Rührungen, die vermuthlich von meiner natürlichen Empfindsamkeit herrührten, und also nur desto unbeständiger waren. Es ist wahr, ich glaubte, jezt wäre ich der rechte Christ, alles war in mir Vergnügen, und insonderheit die Natur machte in solchen Augenbliken, (dann viel länger dauerte dieses Vergnügen selten) einen auserordentlich lebhafften Eindruk auf mein Herz; aber ich konnte niemand um mich leiden, wollte nur immer einsam seyn, und schien gleichsam die Menschheit zu verachten; und der kleinste Umstand jagte mein Herz aus sich selbst heraus, und dann wurde ich nur desto leichtsinniger. Wollte ich klug seyn, so wurde mein Herz tükkisch, und die kleinste Beleidigung schien es zu überzeugen, wie die Menschen so sehr böse, so teuflisch seyen, und wie man sich vor ihnen vorsehen, wie man die geringste Vertraulichkeit mit ihnen meiden müsse; wollte ich hingegen diesem menschenfeindlichen Wesen entgegenarbeiten, so bestrebte ich mich vor den Menschen zu gefallen, aber nicht vor Gott. Sehen Sie, Theuerster HE. Helffer, so wankte ich immer hin und her, und was ich that, überstieg das Ziel der Mäßigung.

Eine ganze Reihe pietistischer Motive finden wir da vor: die *guten Rührungen*, die *Empfindsamkeit*, das religiöse *Vergnügen*, die *Mäßigung* und auf der andern Seite das Mißtrauen gegen jeden Leichtsinn und jede Schwärmerei (wie anders ist das großartige Gewicht, das Hölderlin später, in der *Rheinhymne*, dem Worte *Schwärmer* gibt!). Genau nachzulesen ist die typisch pietistische Mischung des Lebensgefühls – eine leidenschaftliche Geöffnetheit nach der Seite des Mystischen, der *guten Rührungen*, des augenblicklichen *Vergnügens* einerseits, und andrerseits eine scharfe Durchdringung dieser ungreifbaren Momente durch den aufgeklärten Verstand (*wollte ich klug seyn* ...). Deutlich sind die Konturen der pietistischen Bemühungen faßbar: ihre Bedeutung auf dem Wege zur Verinnerlichung des Lebens, und die Gefahr, das Leben zu subjektivieren und zu problematisieren.

Im tieferen Hintergrund des *Helffers* Nathanael Köstlin standen die Geister der großen Schwabenväter, der genialen Begründer des schwäbischen Pietismus. Sie leben – an ihrer Spitze die drei: Bengel, Oetinger, Hahn – als gleichsam mythische Gestalten im Gemüt des Volkes. In Württembergs frommen Häusern – und Hölderlins Elternhaus, oder wie es später heißen mußte: *der Mutter Haus*, war ein frommes Haus – sind gerade diese drei «Väter» ständig, fast greifbar gegenwärtig. Wir dürfen dieses Kapitel nicht schließen, ohne nicht ihrer zu gedenken, die als unsichtbare väterliche Genien zweifellos von tiefster Wirksamkeit auf die jugendliche Seele Hölderlins waren. Ihre konkret nachweisbare Bedeutung als «Geistesahnen» der großen idealistischen Freunde Hegel, Hölderlin und Schelling zu ergründen, hat die Forschung eben erst begonnen [12].

Die schwäbische pietistische Schule, durch Bengel begründet, durch Oetinger und Hahn erweitert und vertieft (mit Hahn ist stets der ältere, bedeutendere Philipp Matthäus Hahn gemeint; Johann Michael Hahn darf hier, wie auch Johann Ludwig Fricker, der Betrachtung fernbleiben) – hebt sich von der gesamtpietistischen Bewegung durch die besondere Betonung des kognitiven Elementes ab. Das tritt in drei ausgeprägten Zügen in Erscheinung: einem strengen, besonders an der platonischen Philosophie geschulten Denken, einer mystisch-alchimistischen Leidenschaft für die Hintergründe der Schöpfung und einer bohrenden Gründlichkeit in der Philologie des Neuen Testaments. Diese drei Momente sind sehr fruchtbar als Korrektiv gegenüber dem allzuweichen Herzen und dem allzuscheuen Augenaufschlag, der uns sonst oft beim Pietismus begegnet.

Der Gründer Johann Albrecht Bengel führt zugleich die fast mathematisch genaue Wort-für-Wort-Auslegung des Testamentes ein.

Friedrich Christoph Oetinger (1702–1782)

Stets am griechischen Urtext orientiert, mit einer umfassenden Kenntnis sowohl der griechischen Philosophen wie auch der Kirchenväter, bringt er eine Fülle neuer Aspekte in das Bibelverständnis – Aspekte nach der mystischen, nach der spekulativen und nach der ethischen Seite. Die Summa seiner Bibelerkenntnis ist in dem gewaltigen Hauptwerk «Gnomon Novi Testamenti» geborgen. Aus dem in Nürtingen erhaltenen Katalog von Hölderlins Bibliothek geht hervor, daß Hölderlin dieses Werk besaß – was für einen theologisch gebildeten Schwaben auch heute noch selbstverständlich ist (nur daß man es heute in der deutschen Übersetzung liest, während Hölderlin die lateinische Urfassung hatte).

Der fast aufregende Widerstreit in Bengel – ein Widerstreit vielleicht nur für den, der die Gestalt aus großer Distanz betrachtet – ist das Nebeneinander eines engsten rationalen Geschichtsglaubens und einer weitesten, im Grunde ganz ungeschichtlichen, unmittelbaren Leidenschaft der Anbetung. Auf der einen Seite steht die riesig ausgebaute und tausendfach argumentierte Lehre von der Oeconomia Divina, der göttlichen Ökonomie, die sich im Vollzug der Geschichte durch die Stufen der Menschheit nach dem Plan Gottes verwirklicht. Auf der andern Seite aber drängt in Bengel eine reine, ursprüngliche Frömmigkeit, die etwa zu den Worten kommt: «Alle Religion mündet in Anbetung». Die luzide Schärfe dieser Frömmigkeit läßt sich an einem Satz wie diesem ablesen: «Laß deine Klarheit uns in die Augen unsers Verständnisses leuchten»[13].

Die beweglichere, ja – nach seiner eignen Formulierung – eine fast proteushafte Gestalt ist Oetinger. Viel näher als Bengel steht er an der Grenze zum Okkulten, und zwar sowohl im Sinne des Mystischen als auch des Magischen. Daß er auch für die Abgeschiedenen predigte, scheint mehr als nur Legende zu sein. Licht, Auge, Blitz, Blick, Klarheit, wach: diese Worte durchziehen Oetingers Schriften wie mit einer Leuchtspur. Schon in dem Porträt lenken die Augen unwillkürlich den Blick auf sich – Augen von einer durchdringenden, prüfenden Schärfe.

Philipp Matthäus Hahn (1739–1790)

Eine erweckende Sauberkeit und Frische ist in seinen Predigten. So etwa, wenn er dem biblischen Wort wacker (das heißt: wach) neuen Glanz gibt: «Also sollen wir wacker sein, und unsere Augen aufheben, indem der Herr kommt.» Seine Inspiriertheit wird spürbar in einem Satz wie diesem: «Nun wir alle, die wir mit aufgedecktem Angesicht die Majestät des Herrn ... auf uns strahlen sehen, werden in eben dasselbe Bildnis nachgeformt von einer Klarheit zur andern als vom Herrn, der der Geist ist»[14].

Philipp Matthäus Hahn, Oetingers Schüler, war von viel derberem Holz. Eine bäurisch strenge Kraft und eine harte Jugend formten einen Mann von sicherem Blick und gegründetem Mut. Die Gnade der mystischen «Zentralschau» – deren Erfahrung er fortgesetzt bezeugt – traf in ihm zusammen mit einem seltsam leidenschaftlichen Interesse an Mathematik, Physik und Technik (Hahn ist, zum Beispiel, der Erfinder der Neigungswaage). Zu der Härte seiner Forderung an den Christen gehört der Stolz des Wissens: «Fühle dich, o Mensch, wer du auch seiest! wie nahe dir dein Gott ist, wie hoch er dich achtet, wie göttlich er dich behandelt.»

Seiner prophetischen Erscheinung gehörte auch die Liebe des jungen Schelling – das verrät das neugefundene Gedicht des Fünfzehnjährigen auf den Tod Hahns. Zwei Strophen aus dem Gedicht des Knaben Schelling mögen hier stehen als Zeugnis für die lebendige Verbundenheit der jungen Generation – Schelling, Hegel, Hölderlin – mit den pietistischen Vätern:

> Sprechet, wog Er nicht mit kühner Schale
> Sterblich noch die Kräften der Natur?
> Drang sein Auge nicht durch's Weltall noch im Erdenthale
> Sucht' und fand' der Gottheit reinste Spur?
> ... Dort, wo Hahn, der Späher nun vollkommen
> In dem Licht der Unvergänglichkeit
> Unumwölkten Blikkes, grober Hüll' entnommen
> Froh izt schaut durch Zeit und Ewigkeit! [15]

Der Vater der Erde freuet nemlich sich deß
Auch, daß Kinder sind, so bleibet eine Gewißheit
Des Guten. (*Der Einzige*)

Eine seltsame tiefe Liebe zum Wesen des Kindes zieht sich durch Hölderlins Werk. Die Kinder sind nicht nur die *lebendigen Bilder der Hoffnung*. Sie sind die sichtbare Gewißheit des Guten. Sie tragen das Geheimnis des Urbeginns in sich: *Oft offenbart sich im Kleinsten das Gröste. Das Urbild aller Einigkeit, das wir im Geiste bewahren, es scheint uns wieder in den friedlichen Bewegungen unsres Herzens, es stellt sich uns im Angesichte dieses Kindes dar.* Das Kind ist unsterblich:

Es ist ganz, was es ist, und darum ist es so schön.
Der Zwang des Gesezes und des Schiksaals betastet es nicht; im Kind' ist Freiheit allein.
In ihm ist Frieden; es ist noch mit sich selber nicht zerfallen. Reichtum ist in ihm; es kennt sein Herz, die Dürftigkeit des Lebens nicht.
Es ist unsterblich, denn es weiß vom Tode nichts.

Diese Gedanken enthalten nicht ein sentimentales Zurück, sie bergen ein Wissen von dem wesenhaft Kindlichen, das als Substanz in der Kindheit im Menschen wächst, dann aber, in der Tiefe, in ihm weiterlebt, meist fern vom Bewußtsein. In der Begegnung mit dem Göttlichen ist es plötzlich wieder da:

Denn so kehren die Himmlischen ein ...
es streben entgegen
Ihnen die Kinder, zu hell kommet, zu blendend das Glük ...
(*Brod und Wein*)

Das Kind ist unsterblich – ein völlig unlogischer und doch spontan nachvollziehbarer Gedanke. Zur Kühnheit wird es, wenn Hölderlin den Gedanken umkehrt:

Schiksaallos, wie der schlafende
Säugling, athmen die Himmlischen;
Keusch bewahrt
In bescheidener Knospe,
Blühet ewig
Ihnen der Geist.

Wie Hölderlin das Bild vom Schlaf des Kindes geliebt hat, zeigt die Wiederkehr im Hymnus an die Madonna:

und wenn in heiliger Nacht
Der Zukunft einer gedenkt und Sorge für
Die sorglosschlafenden trägt
Die frischaufblühenden Kinder
Kömmst lächelnd du, und fragst, was er, wo du
Die Königin seiest, befürchte.

Ursprünglich göttliches Leben, wie im Schlaf, ist auch im Erwachen, das Hölderlin im Bilde des kindlichen Blicks dichtet:

Da sah' ich neulich einen Knaben am Wege liegen. Sorgsam hatte die Mutter, die ihn bewachte, eine Deke über ihn gebreitet, daß er sanft schlummre im Schatten, und ihm die Sonne nicht blende. Aber der Knabe wollte nicht bleiben, und riß die Deke weg, und ich sah wie er's versuchte, das freundliche Licht anzusehn, und immer wieder versuchte, bis ihm das Auge schmerzte und er weinend sein Gesicht zur Erde kehrte.
Armer Knabe! dacht ich, andern ergehts nicht besser, und hatte mir beinahe vorgenommen, abzulassen von dieser verwegnen Neugier. Aber ich kann nicht! ich soll nicht!
Es muß heraus, daß große Geheimniß, das mir das Leben giebt oder den Tod. (*Fragment von Hyperion*, Schluß)

Sehr genau «stimmt» dieses Bild, in allen Zügen. Die Mutter ist es, die die schützende Decke über das Kind breitet und es hütet vor den Einbrüchen des Lichts. Aber der Knabe gehört dem Licht an und muß versuchen, dem Licht zu begegnen.

Dies sind einige der Schicksalsaspekte des Knaben – wie Hölderlin sie zum Mythos dichtet.

Suchen wir nun etwas Farbe und Kontur für die äußere und innere Szenerie von Hölderlins eigner Kindheit, so finden wir wiederum in seiner Dichtung den reichsten Vorrat.

Von einem reinen kindlichen Herzen zeugen die folgenden Verse des Sechzehnjährigen:

Guter Carl! – in jenen schönen Tagen
Saß ich einst mit dir am Nekkarstrand.
Fröhlich sahen wir die Welle an das Ufer schlagen,
Leiteten uns Bächlein durch den Sand.
Endlich sah ich auf. Im Abendschimmer
Stand der Strom. Ein heiliges Gefühl
Bebte mir durchs Herz; und plötzlich scherzt' ich nimmer,
Plötzlich stand ich ernster auf vom Knabenspiel.

Bebend lispelt' ich: wir wollen betten!
Schüchtern knieten wir in dem Gebüsche hin.

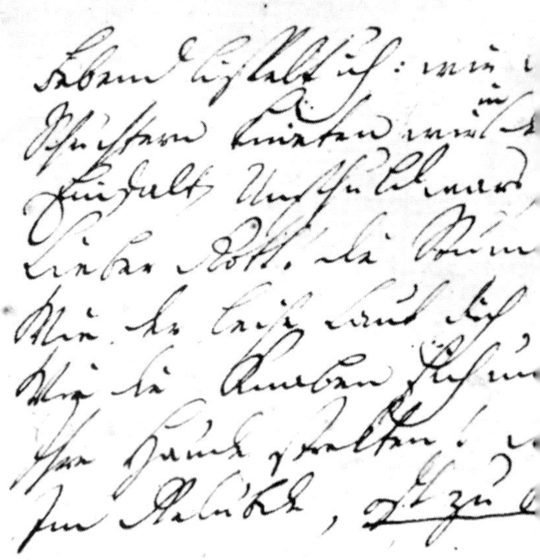

Die Meinige, 17. Strophe. 1786

Einfalt, Unschuld wars, was unsre Knabenherzen redten –
Lieber Gott! die Stunde war so schön.
Wie der leise Laut dich Abba! nannte!
Wie die Knaben sich umarmten! himmelwärts
Ihre Hände strekten! wie es brandte –
Im Gelübde, oft zu betten – beeder Herz! (Die Meinige)

Echte pietistische Inbrunst zieht durch diese Verse – das plötzliche Überkommensein vom göttlichen Schauer, die Wendung aus der gemächlichen Lust in den aufgewühlten Ernst des brennenden Herzens, die Treuherzigkeit des gläubigen Aufblicks und des heiligen Gelübdes. Leise hören wir hier schon die strengen Worte der späten großen Dichtung voraus: *heilig – ernst – schüchtern – Einfalt – Unschuld – Herz.* Eindrucksvoll in diesen Versen ist, wie die entscheidende Farbe nur mit einem Satz in das Bild gesetzt wird:

Im Abendschimme.
Stand der Strom.

Diese paar Worte lösen die Stimmung des Ganzen aus. Es sind nicht angelernte Gebetsworte, was die Bewegung schafft, es ist die unmittelbare Begegnung mit dem Licht, dem Strom, der Welt – und unmittelbar ist die Sprache des Herzens:

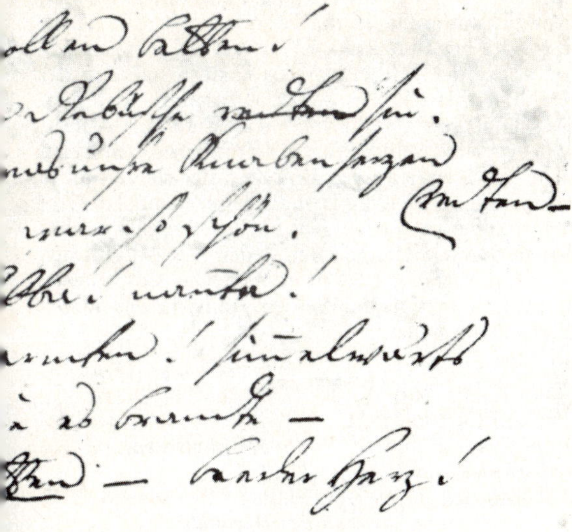

Einfalt, Unschuld wars, was unsre Knabenherzen redten.

Hier zeichnet sich der Keim zu der tiefen Problematik ab, in die Hölderlin zu der Religion seiner Zeit geraten muß. Denn diese Religion, die kirchliche im engen, sektiererischen Sinn, will ja nicht die Gotteserfahrung in der Begegnung mit Erde, Licht und Luft — sie will den Glauben nach dem *Gebot*. Davon spricht der Entwurf zur *Friedensfeier*:

Einst freueten wir uns auch,
Zur Morgenstunde wo stille die Werkstatt war
Am Feiertag, und die Blumen in der Stille,
Wohl blühten schöner auch sie und helle quillten lebendige Brunnen.
Fern rauschte der Gemeinde schauerlicher Gesang,
Wo heiligem Wein gleich, die geheimeren Sprüche
Gealtert aber gewaltiger einst, aus Gottes
Gewittern im Sommer gewachsen,
Die Sorgen doch mir stillten
Und die Zweifel aber nimmer wußt ich, wie mir geschah,
Denn kaum geboren, warum breitetet
Ihr mir schon über die Augen eine Nacht,
Daß ich die Erde nicht sah und mühsam
Euch athmen mußt, ihr himmlischen Lüfte.

Das Kind lauscht auf die Stille des Feiertags. Die «Großen» sind in der Kirche, die Werkstatt ruht, in der Ferne rauschen die Chöre des Kirchengesangs. – Aber nun wandern die rückschauenden Gedanken weiter. Später, in der Kirche, war das Kind ja selber in der Macht der Priester. Ihr Gebet stillte Sorgen und Zweifel – und dennoch blieb da etwas unbegreiflich. *Warum?* heißt die Frage – nicht anklagend, nur schmerzvoll rätselnd. Warum war es nötig, den freien Blick zu verdunkeln, die Freude an den Wundern der Erde und des Himmels zu verbieten, sie als sündige Lust zu verurteilen? Am Grat solcher Fragen steht Hölderlin der konventionellen Religion gegenüber und kann seinen Standort nie verraten. Jeder gesellschaftlichen Verabredung über religiöse Fragen bleibt er fern. Das Göttliche ist ständig in der Verwandlung und im Werden, quillt in lebendigen Brunnen und blüht in den Blumen in der Stille.

Da ich ein Knabe war,
Rettet' ein Gott mich oft
Vom Geschrei und der Ruthe der Menschen,
Da spielt' ich sicher und gut
Mit den Blumen des Hains,
Und die Lüftchen des Himmels
Spielten mit mir.

Und wie du das Herz
Der Pflanzen erfreust,
Wenn sie entgegen dir
Die zarten Arme streken,

So hast du mein Herz erfreut
Vater Helios! und, wie Endymion,
War ich dein Liebling,
Heilige Luna!

O all ihr treuen
Freundlichen Götter!
Daß ihr wüßtet,
Wie euch meine Seele geliebt!

Zwar damals rieff ich noch nicht
Euch mit Nahmen, auch ihr
Nanntet mich nie, wie die Menschen sich nennen
Als kennten sie sich.

Doch kannt' ich euch besser,
Als ich je die Menschen gekannt,
Ich verstand die Stille des Aethers
Der Menschen Worte verstand ich nie.

Mich erzog der Wohllaut
Des säuselnden Hains
Und lieben lernt' ich
Unter den Blumen.

Im Arme der Götter wuchs ich groß.

Man wird dieses Gedicht wohl am besten als Lied ansprechen (vielleicht war es ursprünglich als Lied innerhalb des *Hyperion*-Romans gedacht). Wir halten uns bei diesem Lied etwas länger auf.

Die Anfangsworte *Da ich ein Knabe war* streifen wohl bewußt an die Formel des Paulus: «Da ich ein Kind war ...» (1. Kor. 13). Scharf sind dann die Weisen des Daseins gegeneinandergesetzt: *Geschrei* und *Ruthe* als die Umgangsformen der Menschen untereinander (das Wort *Ruthe* deutet tiefer als nur auf die vom Kind erlittene Rute) — und auf der anderen Seite das «gute» Spiel des Einverständnisses zwischen den Blumen, dem Himmel, den Lüften und ihm, dem Knaben: *gut* in einem absoluten Sinn, denn die Sphäre dieses Spiels ist jenseits der Urteile. Das Spiel des Knaben findet seine tröstliche Bestätigung durch die Antwort vom Himmel:

Und die Lüftchen des Himmels
Spielten mit mir.

Für dieses Spiel von Bitte und Gnade hat Hölderlin hier (wie oft) das märchenhafte Bild von der Pflanze — das nun aber nicht verzärtelt wird, sondern in kühler Strenge dasteht.

Und wie du das Herz
Der Pflanzen erfreust,
Wenn sie entgegen dir
Die zarten Arme streken,

So hast du mein Herz erfreut
Vater Helios! und, wie Endymion,
War ich dein Liebling,
Heilige Luna!

Endymion — der schöne Jüngling, dem Zeus süßen Schlaf und ewige Jugend schenkte und den Luna allnächtlich besucht — ist das spielerische Traumbild. Wie Endymion, so ist der Knabe, in seiner pflanzenhaft zarten Entfaltung, wie in einen durchlässigen Schlaf gehüllt, durchlässig für die Berührung durch die Freude der Götter, Sonne und Mond.

Von diesem noch fast tänzerischen Vorspiel drängt das Lied zum ersten Gipfel:

Daß ihr wüßtet,
Wie euch meine Seele geliebt!

Denkendorf. Zeichnung von Viktor Heideloff, um 1800

In aller Schüchternheit wird ein Geständnis abgelegt von tiefer Glut. Von diesem Gipfel aus wendet sich der Blick um, aus dem intimen Raum der göttlichen Stille in die Region des menschlichen Verstands. Das Gedicht holt aus zu einem Gedanken von scharfer Wirksamkeit.

Zwar damals rieff ich noch nicht
Euch mit Nahmen, auch ihr
Nanntet mich nie, wie die Menschen sich nennen
Als kennten sie sich.

Hinter der hellen Intelligenz dieser Zeilen lebt der präzise geistige Takt, der erst der greifbare Bürge für die Echtheit des religiösen Erlebnisses ist. Ein wissender Schmerz liegt im Hintergrund. — Der zweite, inwendigere Gipfel des Gedichts sind die Zeilen:

Ich verstand die Stille des Aethers
Der Menschen Worte verstand ich nie.

Die Schicht des Verstandes, die hier angesprochen wird, ist so tief, daß die üblichen Formen des Verstehenwollens entmachtet sind: ein Finden ohne zu suchen, ein Wissen ohne zu fragen. Das übliche Gespräch von Frage und Information, von Rede und Gegenrede erscheint daneben wie inhaltslos. Voller Inhalt und Gewicht ist aber die *Stille des Aethers.* Stille ist ja nicht Lautlosigkeit, sondern das, was durch das Lauschen entsteht, der Raum, in dem das Zarte seinen Ton findet und sich verständigen kann. Mit einer flüchtigen Handbewegung wird daher alle menschliche Pädagogik ihrer Bedeutung enthoben, denn was wahrhaft erzieht, ist das Horchen auf die Laute des Hains – jener andere Ge-horsam auf das, was von oben her kommt.

Mich erzog der Wohllaut
Des säuselnden Hains
Und lieben lernt' ich
Unter den Blumen.

In der Stille, in der das Zärtliche wachsen kann, hat die Liebe ihren Ort, nicht da, wo sie «geboten» wird. *Unter* den Blumen wird die Liebe gelernt.

Die großlinige Schlußzeile führt das Ganze zu einem energischen Schluß:

Im Arme der Götter wuchs ich groß.

Das Wort *groß* steht nicht im Vordergrund, ist aber doch von Bedeutsamkeit. Das kindlich bescheidene Gedicht hat einen stolzen Schluß.

In einigen großen Zügen ist damit die Innenwelt von Hölderlins Kindheit charakterisiert, so wie sie sich in seiner eigenen Dichtung spiegelt. Die Bedeutung der Kindheit als Wurzelgrund der Existenz kann wohl kaum überschätzt werden – nicht nur bei Hölderlin. Hier aber, bei Hölderlin, sind die Ansätze zu den werdenden Dimensionen seines Lebens besonders rein zu lesen.

Da ist jener genialische durchlässige «Schlaf», das Sich-Einwiegen-Können in die tönende Harmonie des Kosmos – aus dem sich dann das Dichten als das *unschuldigste aller Geschäffte,* als fast kindliches Spiel entfaltet. Da ist die ständige Begegnung mit der Mutter, die sorgend den Mantel über das Auge des Kindes breiten will, das dennoch nie ablassen kann, ins Licht zu blicken, ja das sich dem Strahl so rückhaltlos aussetzt, daß es sich in ihm verzehrt. Da ist die Treue gegenüber dem religiösen Urerlebnis, das sich in der Begegnung mit Erde, Licht und Luft entzündete. Da ist das Lauschen, die Trennschärfe für die Töne des Wahren und die leidvolle Skepsis gegen jede Verständigung auf dem Boden des gewohnten Einander-Kennens. Wir werden diesen Spuren durch das Leben Hölderlins immer wieder begegnen.

Einige Hinweise auf die äußeren Wege des Knaben mögen das Bild ergänzen.

Der junge Hölderlin besuchte die Lateinschule zu Nürtingen, das letzte Jahr gemeinsam mit dem um fünf Jahre jüngeren Schelling, der zu jener Zeit bei seinem Onkel Nathanael Köstlin wohnte. Während der zarte neunjährige Schelling, ob seiner frühen Genialität beneidet und wohl auch ob seines überaus selbstbewußten Auftretens befeindet, «wegen seiner Kleinheit zum allgemeinen Gespötte» wurde, war der liebenswürdige Hölderlin sein Schutz gegen «die andern, den so viel jüngeren zu mißhandeln geneigten Schüler» (wie sich noch der zweiundsiebzigjährige Professor Schelling erinnert [16]). Hier wurzelt die Freundschaft der beiden großen Geister.

Wohlvorbereitet, besonders durch die Privatstunden bei Nathanael Köstlin, stieg Hölderlin als Vierzehnjähriger in das «Landexamen», bei dem jährlich der württembergische Staat die jungen Anwärter der Geistlichkeit auswählt, die nach bestandenem Examen in den staatlich finanzierten Klosterschulen auf den künftigen theologischen Beruf vorbereitet werden.

Hölderlin trat im Herbst 1784 zunächst in die «niedere Klosterschule» Denkendorf ein, die anderthalb Wegstunden von Nürtingen entfernt über dem Neckartal am Rande der «Filder» liegt. Das einstige Chorherrenstift ruht hinter steilem Gemäuer hoch über dem klei-

Maulbronn. Zeichnung von I. Meyer

nen Dorf, in strenger Abgeschiedenheit – ein verträumtes Ineinander von Kirche, Klausur, Kreuzgang, Pfarrhaus, Terrassen, Gärten und einem märchenhaften alten Weiher. Diese Abgeschiedenheit nahm innerhalb des Seminarbetriebs die Form fast asketischer Klosterzucht an: der Geist des einstigen Denkendorfer Klosterpräzeptors Johann Albrecht Bengel, der immer noch den Stil des Klosters bestimmte, war bei den Epigonen zu pedantischer Strenge erstarrt.

Nach zwei Jahren rückte der Schüler vor in die Klosterschule Maulbronn. Das alte Zisterzienserkloster mit seinen drei Kirchen, dem berühmten Kreuzgang, großen Refektorien, Oratorien, Parlatorien liegt inmitten einer verwunschenen Waldlandschaft. Die Zellen der Zöglinge lagen am Kreuzgang und sahen teils auf das Kreuzgärtchen, teils auf den Garten der Prälatur. Von dem etwas dürftigen Klosterleben berichten die Zeilen des Siebzehnjährigen:

Ich will also nur so bei Gelegenheit gestehen, daß Bilfingers Caffee, und mein Zuker, verbraucht sind, und daß ich mich inzwischen manchmal nach einem Frühstük gesehnt habe – bei dem frühen Aufstehen – und dem beständigen starken Angreiffen des Kopfs – und neulich zwang ich mich wieder mit einem schröklich leeren Magen zur Suppe, die Ihr hungrigster Taglöhner ungern essen würde – und da wurde mir so weh, daß ich beinahe vor Aerger die Schüssel an die Wand geworfen hätte. Ein gutes, gutes Werk wärs also für den Friz, wenn Sie ihm etwas Caffee schikten.

Ein Wort zu den dichterischen Maßstäben, an denen sich Hölderlin in jenen frühen Jahren orientierte. Wir können uns dabei auf einige Fingerzeige beschränken, denn Kunsteindrücke waren für Hölderlin immer nur von geringem Einfluß auf seine schöpferische Arbeit.

Schubart, der sprunghaft brünstige Gefühlsdichter, mit seiner breiten Gebärde noch ganz im volkstümlichen Barock wurzelnd, ist der, der die Jünglinge seiner Zeit energisch bei der nationalen Ehre packt: «Goldpunkt» jedes Unternehmens müsse «der Gedanke an unsere nahe und ferne Heimath» sein – «Religion und Vaterlandsliebe» –, so verkündet Schubart 1787, nach seiner Freilassung aus der zehnjährigen Einkerkerung auf dem Asperg. Hölderlin, der dem Schubartschen Pathos an manchen Stellen Einlaß in seine Dichtung gewährte, fand in seinem Freund Rudolf Magenau einen flinken Kritiker: «... nur will ich Sie, liber Mann! bitten, verwerfen Sie den gesunden kernhaften Ausdruck nicht um des neuern schallendern, und erlauben Sie sich beinahe keine Lizenz. Ich kan mir wol vorstellen, wie es Ihnen kan gegangen seyn. Sie dichteten und deklamirten zugleich, und da fanden Sie manchen Ausdruck à la Schubart schön, weil er lauter schallte» (1788). Hölderlin hat Schubart 1789 persönlich kennengelernt und wurde mit *Väterlicher Zärtlichkeit* aufgenommen; die Begegnung blieb ohne echte Bedeutung für ihn.

Neben Youngs elegisch frommen Nachtgedanken und den traumhaft düsteren Heldenphantasien des Ossian *(der gute, blinde Ossian da schwadroniert mir immer im Kopf*[17]*)* war es vor allem Klopstock, an dem sich der junge Hölderlin orientierte. Hölderlin und Klopstock

Friedrich Gottlieb Klopstock (1724–1803). Gemälde von Elisabeth Vogel

sind, bei aller Differenz der Formate, wesensverwandt in der bewußten Bindung ihres Denkens und Dichtens an eine objektive Mitte. Hölderlin betont Klopstocks Vorbild noch bis in seine reifste Zeit: bei der Unterscheidung zwischen dem *müden Flug* der *Liebeslieder* und dem objektiven *Frohloken vaterländischer Gesänge* wird Klopstock als *Ausnahme* von der (modernen subjektiven) *Sangart* geehrt [18].

Und Hölderlin und Klopstock sind wesensverwandt in der präzisen Musikalität und daher in dem streng ausgebildeten formalen *Gesez* der Dichtung. An der *modernen Poësie* kritisiert Hölderlin, es fehle ihr *an der Schule und am Handwerksmäßigen* [19] – darum hält er sich hier an Klopstock, der ihm eine Art Handwerksmeister ist.

Speyer. Leicht lavierte Federzeichnung von Goethe

Daß die Fülle, die Hölderlin den durch Klopstock angebotenen künstlerischen Möglichkeiten verleiht, von ganz anderer Dimension ist, muß nicht besonders betont werden.

Ganz anders als alle Bildungserlebnisse stoßen zweifellos die Naturbegegnungen auf Hölderlins Wesensgrund durch. Wir haben davon aus jener Zeit noch wenige Zeugnisse, denn aus dem Bilderreichtum, den die jugendliche Seele sammelt, schöpft erst der spätere Dichter mit souveräner Hand. Knapp, aber bezeichnend ist der frühe Bericht vom Anblick des Rheins bei Speyer. Es sind wenig Worte, die der Achtzehnjährige – in dem *Reistagebuch* für seine Mutter – darüber macht, aber die tiefe Kraft des Erlebnisses ist darin spürbar: ... *ein Strom der dreimal breiter ist, als der Nekar, wo er am breitsten ist – dieser Strom von oben herab an beiden Ufern von Wäldern beschattet – und weiter hinab die Aussicht über ihn so lang, daß einem der Kopf schwindelte – das war ein Anblik – ich werd' ihn nie vergessen, er rührte mich außerordentlich – Endlich kamen die Schiffer herüber. Man fährt in Booten über, welche so groß sind, daß zwei Gefährte mit Pferden, und noch Leute genug darinn Platz haben. Nach Verfluß einer halben Stunde war ich am Speirischen Ufer.*

Dies ist also, nach jener Gebetsszene *im Abendschimmer stand der Strom,* Hölderlins zweites entscheidendes Stromerlebnis. Wie im Keimblatt verhüllt ist hier bereits, was sich später in die großen Strom-Mythen entfaltet: *Am Quell der Donau, Der Rhein, Der Ister.*

Der stillste, anhänglichste Freund jener Zeit war der um ein Jahr ältere Immanuel Gottlieb Nast. Für den jungen Hölderlin, der ganz mit der Not und den Geheimnissen seines aufbrechenden genialischen Wachstums beschäftigt war, war der Freund vor allem ein Gefäß, in das er den Überschwang seiner drängenden Stimmungen ausschütten konnte, und das tat er mit erquickender Direktheit. Sie ist etwa mitzuerleben in einem fast spielerischen Geständnis wie diesem: *...plözlich kommt mir meine Lieblingsnarrheit, das Schiksaal meiner Zukunft vors Auge — und höre nur, aber lach mich toll aus, da fiel mir ein, ich wolle nach vollendeten UniversitätsJahren Einsiedler werden — u. der Gedanke gefiel mir so wohl, eine ganze Stunde, glaub' ich, war ich in meiner Fantasie Einsiedler. Du siehst, Bruder! ich schäme mich nicht, Dir m. Schwachheiten zu sagen, u. das entschuldigt mich noch ein wenig — vor Dir — aber sonst — — daß ja der Brief nicht in fremde Hände — in menschenfeindliche Hände kommt — sonst heißts — der ist ein Narr!!!* — Unmittelbar neben solchen Zeugnissen der Offenheit (die er selber — mit der Bemerkung *lach mich toll aus* schon relativiert hat) stand stets auch die Ahnung: *Lieber, Du kennst mich kaum.*[20] Die Freundschaft war nicht stark genug, diesem verborgenen Wissen auf die Dauer standzuhalten — um so mehr, als sie in Wirklichkeit immer nur am Rande eines für Hölderlin viel wichtigeren Prozesses spielte. Immanuel Nast hatte nämlich eine liebliche Base. Das gab der Freundschaft ihre besondere Würze.

Louise Nast war eine feine, liebliche Erscheinung, fromm und klar im Gemüt. Hölderlins erste *Stunden der feurigsten süßesten Liebe* gehörten ihr; am Duft dieses Geschehens läßt sich nichts erläutern, er liegt über dem Briefwechsel, von dem wir hier einen Ausschnitt wiedergeben[21]:

«O lieber Friz! Da siz ich, und habe fast alle Deine Briefe vor mir, das ist mein einziges Vergnügen, und das ist mirs so über alles wohl; bin so glüklich wann ich allein seyn kan, es ist schon wirglich 12 Uhr, und doch konnte ich mich nicht satt lesen, o es ist meine liebste Lektüre... o Dich haben, welche Seeligkeit, und Friz noch so lange biß Ostern noch so lange Dich nicht sehen, so lang von dem getrennt sein der mein alles ist... ein Königreich, o mit Dir sind auch dornigte Wege mit Rosen bestreit. O Gott lieber Vater an Deiner Hand werden sie doch auch vorüber gehen die Jahre der Trennung, sie flieht ja sonst schnell Deine Zeit, aber der Liebe werden es ewigkeiten sein.. leb wohl schlaf wohl es ist schon recht spath ewig

Deine Louise.»

Das war ein Brief von Dir, liebe Seele! hätst Du mich sehen können, wie ich Tränen der innigsten Freude weinte, auf dieses neue Zeichen Deiner so unaussprechlich süßen beglükenden Liebe, wie ich in dem Augenblik so innig fühlte, was ich an Dir habe, wie meine Tage wieder so heiter, so ruhig hinfließen... Und nur noch eilf Wochen bis Ostern, Liebe? Freilich ists lächerlich nur noch eilf Wochen

Christian Daniel Schubart (1739—1791).
Gemälde von Edlingen

— aber wir wollen uns eben trösten — und dann — o Louise! Louise! dann — . . . Es ist mir so wohl, wann ich daran denke, wie ich oft so gedultig, u. doch so voll der innigsten Sehnsucht an jenem Pläzgen wartete, bis ich die Teure am Fenster sah, u. wie er mich entzükte der Gedanke, daß Du in der ganzen lieben Welt auf nichts blikest, als auf Deinen Hölderlin, daß nur ich in dieser Brust wohne — Louise! Louise! u. wann ich Dich aus Deinem Hause dem Kreuzgang zu gehen sah — es ist mir noch alles so lebendig — der schöne majestätische Gang, das liebevolle Auge nach mir heraufblikend — . . . Schlaf wohl, liebes Mädchen! Liebe mich, wie bisher. Ich bin ewig

Dein

Hölderlin.

Es war nur eine Frage der Entfaltung, bis sich die ungleiche Partnerschaft offenbaren mußte, die eigentliche Fremdheit zwischen dem

Louise Nast (1769—1839). Schattenriß aus dem Stammbuch von Christian Friedrich Hiller

strenggefügten Gemüt des Mädchens und dem aus ganz anderen Tiefen bewegten Genius. Hölderlin entledigte sich der Bindung nach *tausend Kämpfen* in einem etwas verschlungenen Brief (März 1790), in dem er seine Entscheidung zur Freiheit mit Unwürdigkeit erklärte und zugleich, in der Form der Freundschaft, ewige Treue versprach.

Kennzeichnender für Hölderlin als seine «erste Liebe» ist der Bruch, mit dem sie endete.

Hölderlin nahm die Trennung von Louise Nast später zum Anlaß einer Erklärung der Mutter gegenüber, die wir in ihrem ganzen Gewicht zu verstehen haben. (Inzwischen hat Hölderlins Leben die äußere Szene gewechselt: er hat im Oktober 1788 das Stift in Tübingen bezogen.) In dieser Erklärung heißt es, daß er *seit Jar und Tagen fest im Sinne habe, nie zu freien.* Auch wenn man einbezieht, daß Hölderlin ein wenig später doch noch einmal flüchtig den Gedanken an eine Ehe (mit Elise Lebret) erwog, ja, selbst wenn man unterstellen wollte, es habe ihm des weiteren an der Gelegenheit gefehlt — unberührt bleibt die gewichtige Tatsache, daß sein Gelöbnis zum Vollzug kam. Eine Mischung von schmerzvoller Ahnung und empörerischem Stolz liegt in dem Gelöbnis: Ahnung um die Dunkelheit der auf ihn wartenden Schicksale und Stolz in der Erkenntnis der inneren Zielsetzung. Beides ist versteckt in den Worten, mit denen Hölderlin die Erklärung ergänzt: *Mein sonderbarer Karakter, meine Launen, mein Hang zu Projekten, u. (um nur recht die Warheit zu sagen) mein Ehrgeiz — alles Züge, die sich one Gefar nie ganz ausrotten lassen — lassen mich nicht hoffen, daß ich im ruhigen Ehestande, auf einer friedlichen Pfarre glüklich sein werde.* Wenn er dann fortfährt: *Doch das ändert vieleicht die Zukunft* — so ist das offensichtlich viel mehr für die Mutter gesagt, als daß er damit seine eigne Entscheidung relativieren wollte und könnte.

Mit dem Begriff «Ehrgeiz», den Hölderlin in seinen Jugendjahren sehr häufig verwendet, faßt er eine Eigenschaft, die im Ehrgeiz nur ihre äußere Erscheinung hat, in der Tiefe aber das notwendige Rütteln des aufbrechenden geistigen Willens an den Grenzen des Gemüts ist, das sich diesem Willen zur Verfügung stellt.

Das innere Widerlager zu diesem Willen ist die Schwermut — für die Hölderlin schon hier die reichlich skeptische Formulierung hat: *mein sonderbarer Karakter.* Von dieser Bezeichnung ist es nicht mehr weit zu dem Wort *Narr,* mit dem er — nur für den, der sein Leben vorausweiß, erschütternd — schon sehr früh mehrfach auf sich anspielt.

Hölderlin hat in sich also die Spannung von der leidvollen Indolenz zur abrupten empörerischen Schärfe *und* zur innigen Frömmigkeit auszuhalten. Wenn sich darum später der Wahnsinnige mit den Worten charakterisiert:

Immer verschlossener Mensch mit finstrem Auge

— so ist das keineswegs nur der Aspekt aus der Umnachtung (in der sich ja gerade eine Versöhnung und Stillung bemerken läßt). Es ist die wirkliche Innenseite seines Lebens und Wesens. Das Zauberhafte, die Charis, von der uns aus der Begegnung mit ihm so oft berichtet wird, war für die andern viel deutlicher als für ihn. «Seine regelmäßige Gesichtsbildung, der sanfte Ausdruck seines Gesichts, sein schöner Wuchs, sein sorgfältiger, reinlicher Anzug und jener unverkennbare Ausdruck des Höheren in seinem Wesen sind mir immer gegenwärtig geblieben» — so wird erzählt. Im Abgangszeugnis von Tübingen heißen seine Gebärden «gefällig», seine Sitten «gut und sanft», seine Gestalt «liebreizend (venusta)»[22].

Zum Bild dieses anmutigen Wesens gehört, daß die Musik als stete Begleitung dabei war. Vom zehnten Lebensjahr an lernte Hölderlin Klavierspielen, und das Flötenspiel beherrschte er mit großer Kunst. Eine Zeitlang nahm er in Tübingen Unterricht bei einem französischen Flötenvirtuosen.

Sein Auftreten war — nach der Überlieferung durch Schwab — «als schritte Apollo durch den Saal».

Hölderlins eigene Worte über sich schlagen einen ganz anderen Ton an. Einen *Kloz* nennt er sich. *Bin dann ich nur allein so? der ewige, ewige Grillenfänger!* klagt er. *Im ganzen Kloster wurd' ich als gefärlich melancholisch ausgesagt,* berichtet er aus Maulbronn (und die Anlässe — hier war's Louise — wechseln, die Schwermut bleibt dieselbe). *Unfähig,* sich *zu freuen* sei er, schreibt er an Neuffer und legt ihm ans Herz, er möge ihn doch *aufheitern, wo es Noth ist.* Und er bittet ihn: *Schreib mir auch genau, wie Dirs geht. Warscheinlich giebt diß alsdann das Licht zu meinem Dunkel ab.*

Vielleicht ist es auch kein Zufall, daß Hölderlin im Kreis der Freunde den etwas störrischen, schwerfälligen Namen «Holz» hatte.

Voller Schwere, Wort für Wort, ist der folgende Satz: *... so siz ich zwischen meinen dunklen Wänden, und berechne, wie bettelarm ich bin an Herzensfreude, und bewundre meine Resignation.* In diesem Satz ist alles beisammen: die Wände der Gefangenschaft, die Dunkelheit, das kreisende Nachzählen und Nachrechnen des eigenen Nichthabens und, in einer Mischung von Bitternis und Humor: die Bewunderung der eignen Resignation.

Es wäre ungemäß und auch gegen das Schicksal ungerecht, wollte man alle diese Lasten, die es einem seiner Berufenen auflegt, negativ werten, wollte man alle die Schmerzen als krankhaft verzeichnen. Zwar nannte sich Hölderlin schon als Zweiundzwanzigjähriger, spielerisch, einen *kranken Poëten* (was Selbsterkenntnis anlangt, hat er sich nie etwas erspart), aber gerade an der schärfsten seiner Erfahrungen, dem *bettelarm,* läßt sich einsehen, wie notwendig sie für den um Wahrheit Ringenden ist[23]. Diese Armut — von der noch weiter unten gründlicher die Rede sein wird — ist der Boden, den der Unbedingte braucht. Unbedingt ist Hölderlins Existenz — er läßt sich zwar beeindrucken, nie aber dingen von den Lebensformen, den religiösen Konventionen, den Gedankensystemen, den künstlerischen Vorstellungen seiner Umwelt. Er baut sein Leben und sein Werk außerhalb der vorhandenen Begriffe. Das Ausmaß seiner Abruptheit vermag er wohl selber noch kaum ganz zu überblicken.

Alle «Anlehnung» bleibt in einem solchen Leben von vorübergehender Dauer, eine Atempause, gleichsam eine freundliche Handreichung des Schicksals, dem *Fremden*[24] irgendeinen Glauben in das Hier und Jetzt zu ermöglichen, damit er auf diesen Glauben sein Werk gründen könne. Wo die Anlehnung zu eng, zu bindend wird, weiß der Genius seines Schicksals die Mittel und Wege, den Berufenen wieder der Armut zurückzugeben. In seinem späteren Leben sind das die schweren Katastrophen, an denen er – bis zu seinem Zerbrechen – ins Prophetische wächst. In den Jugendjahren ist es wie das lachende Zerreißen der Ketten, aus denen sich der Jüngling freier, kühner emporringt.

Drum ist ein Jauchzen sein Wort.
Nicht liebt er, wie andere Kinder,
In Wikelbanden zu weinen;
Denn wo die Ufer zuerst
An die Seit ihm schleichen, die krummen,
Und durstig umwindend ihn,
Den Unbedachten, zu ziehn
Und wohl zu behüten begehren
Im eigenen Zahne, lachend
Zerreißt er die Schlangen und stürzt
Mit der Beut und wenn in der Eil'
Ein Größerer ihn nicht zähmt,
Ihn wachsen läßt, wie der Bliz, muß er
Die Erde spalten, und wie Bezauberte fliehn
Die Wälder ihm nach und zusammensinkend die Berge.

(*Der Rhein.* 1801)

Die Härte der Worte, die Hölderlin hier für die hemmenden Elemente hat, ist nicht zu verachten: *Schlangen* sind es, krumme, schleichende, die sich nur *an die Seit ihm* wagen (nicht etwa ihm offen gegenüber), die ihn *zu ziehn . . . begehren:* Begier, den Freien an sich zu fesseln, um den Durst löschen zu können an seiner Reinheit! Denn er, der *Jüngling* (so heißt der Rhein einige Strophen zuvor) ist es, von dem sie doch alle im Grunde leben.

Mit genialem Griff ist das eigene Empörerschicksal in den Mythos des jungen Herakles eingefügt, der die Schlangen, die sich um ihn drängten, selbst zerriß – und das Ganze mit dem umfassenderen Hintergrund des elementaren Naturschicksals verschmolzen.

Daß es bei dem Zerreißen der ziehenden Bindungen nicht ohne Bitterkeiten im Umkreis des jungen Hölderlin abging – dies ins Auge zu fassen, gehört zum Ganzen einer Betrachtung seines Lebens dazu. Zwar ist Hölderlins Temperament sicher nur selten so schroff in Erscheinung getreten, wie es die folgende Überlieferung zum Ausdruck bringt:

«Vorigen Dienstag, den 10. dieses, brachte bei mir dem Ephoro bei einbrechendem Abend der hiesige Mägdleinprovisor Majer folgende Klage an. Er sei die Münzgasse herunter gegangen, neben ihm her

Tübingen. Getuschte Federzeichnung aus Kerners Bilderbuch

sei ein Stipendiat gekommen, vom Neuen Bau gegenüber sei dieser von einer Seite der Straße auf die andere auf ihn zugeloffen, und hab' ihm den Hut von dem Kopf auf den Boden geschlagen mit den Worten: ‹Weiß Er, daß es Seine Schuldigkeit ist, vor einem Stipendiaten den Hut abzunehmen?› Er, Kläger, habe sich sodann gegen den Stipendiaten erklärt, er wolle sogleich eine Anzeige bei dem Ephoro machen, der Stipendiat habe erwiedert, es sei ganz recht, er wolle mit ihm gehen. So seien sie beide durch den Burschhof gegen das Ephorathaus gegangen, unter dem Haus aber habe sich der Stipendiat getrennt und sei zum Klostertor hereingegangen. Er, Provisor, habe gleich unter dem Thor gefragt, wer der Stipendiat sei und zur Antwort bekommen: er heiß cand. Hölderlin. Da er doch in einer öffentlichen Schule stehe, so sei ihm darum zu tun, Satisfaktion zu haben. Ich, der Ephorus, ließ sogleich nach geendetem Abendessen den Cand. Hölderlin vortreten. Er leugnete auch die Sache nicht und berief sich nur darauf, daß der Provisor sichs ganz eigentlich zur Gewohnheit mache, vor keinem Stipendiaten den Hut abzunehmen. Überhaupt aber bezeigte sich der Beklagte bei seiner Entschuldigung

anständig und bescheiden. Dem Provisor soll aber auch durch den Herrn Special Dr. Maerklin beditten werden, daß er es künftig an der Höflichkeit gegen Stipendiaten nicht ermangeln lassen soll.» Am Rand des Protokolls steht geschrieben: «C. Hoelderlin incarceretur horas VI ob publicas erga ludimagistrum injurias.» (Ob Hölderlin die sechs Stunden im Karzer wirklich ungekürzt absitzen durfte, darüber haben wir kein Zeugnis.) [25]

Sicher blieb aber auch für Hölderlins nächste Freunde oft etwas Rätselhaftes in seinem Wesen. Ein Beispiel ist der Schatten, den Hölderlin durch seine an solchen Stellen wiederholte Indolenz in der Seele seines Freundes Immanuel Nast zurückließ. Diesen Freund, den er als Knaben sehr liebte, dem er sein Herz ausschüttete, ließ er, als er dann Student war, stehen. Nasts letzter überlieferter Brief an Hölderlin teilt — in einer zarten Sprache — manches von der verhaltenen Resignation mit, die Nast über Hölderlins spürbare Abwendung in sich tragen mußte:

«Ich weiß nicht, ob ich mit Dir zanken, oder ob ich Dich bitten solle, daß Du mit mir zanken sollest... Leb wohl lieber — kalter? Bruder... und glaube, daß noch mit jener alten warmen Freundschaft an Dir hängt

Dein
Imanuel.

Deinem Brief seh ich mit Verlangen entgegen!»

Welche Härten der Bruch mit Louise für sie mit sich brachte, davon wurde Hölderlin in den Etappen ihres jeweiligen neuen Schiffbruchs unterrichtet; an der Unbedingtheit seiner Entscheidung konnten die Vorwürfe der Partnerin [26] und die Schmerzen, die ihm dadurch bereitet wurden, nichts ändern. Kein Zweifel, daß hier zum erstenmal schmerzhaft die Urfrage nach wirklicher Liebe aufbrach, die dann später dunkel rätselnd in der Rheinhymne steht:

Wer war es, der zuerst
Die Liebesbande verderbt
Und Strike von ihnen gemacht hat?

Hier nun einige Farben von dem äußern Leben am Tübinger Stift. Hölderlin zog im Oktober 1788 als Novize (zu deutsch aber: Ochse) im Stift ein, rückte nach einem Jahr zu den Kandidaten auf und erwarb im September 1890 die Magisterwürde. Nachdem die ersten beiden Studienjahre einer Elementarausbildung gedient hatten: Logik, Metaphysik, praktische Philosophie, Geschichte, Griechisch, Hebräisch, Mathematik und Physik – wandte man sich als Magister der reinen Theologie zu (Dogmatik, Polemik, Exegese und theologische Moral), denn «sobald man Magister ist, bekommt man im Stift täglich eine Kanne Wein und studiert Theologie».

Im Tübinger Stift – einem ursprünglichen Augustinerkloster am Fuße des Schloßbergs – ging es recht ländlich zu, es war ein «altes, winkelichtes, und an Bequemlichkeit, Heiterkeit und Reinlichkeit mangelhaftes» Gemäuer; die einzelnen Zimmer waren «altväterisch und unbequem eingerichtet», zumal die Schlafkammern: «durchaus ohne bretternen Boden, und meistens nicht einmal gegen eindringenden Wind, Regen und Schnee hinlänglich gesichert». Das Stift besaß nur dreizehn heizbare Stuben, die Studenten saßen darum «des Winters dem größeren Theile nach so gedrängt beisammen, daß Mancher nicht weiß, wie er einen Brief schreiben soll, ohne daß ein Anderer darein sehe; daß der Eine am Ofen von der Hize geplagt wird, und der Andere am Fenster friert».

Die Gänge der verschiedenen Stockwerke waren die «Sphären» – da gab es die «Sachsensphäre», die «Wiedertäufersphäre», die «Junkersphäre», die «Mömpelgardersphäre», die «Jägersphäre» und die «nach ihren gewöhnlichen Bewohnern so genannte Rattensphäre». Von Hölderlin ist bekannt, daß er als Magister die «Augustinerstube» an der «Jägersphäre» bewohnte, sein Schlafzimmer war der «Ochsenstall».[27]

Zum straffen Ordensstil der Stiftserziehung gehörte auch ein teilweise etwas skrupelloses Betreuungs-, Bewachungs- und Spionagesystem. Das war natürlich etwas, das einen so präzisen Geist wie Hölderlin zuinnerst erregen mußte. Nichts verletzte ihn so tief, als wenn die Souveränität des einzelnen nicht geachtet wurde.

Die *Einschränkung*, den *Druk* hält Hölderlin nur aus, weil ihn mit bewunderungswürdiger Konsequenz die Mutter dazu bestimmt: *Daß ich noch im Kloster bin, ist Ursache die Bitte meiner Mutter. Ihr zu lieb kann man wohl ein paar Jahre versauren.*

Die Empörung richtet sich sowohl gegen die unwürdige persönliche Bevormundung am Stift:

Ich duld es nimmer! ewig und ewig so
Die Knabenschritte, wie ein Gekerkerter
Die kurzen vorgemeßnen Schritte
Täglich zu wandeln, ich duld es nimmer!

– als auch gegen die bürgerlich-akademischen Prätentionen: *Meinetwegen könnten alle Magisters und Doktors-Titel, sammt hochgelahrt und hochgeboren in Morea sein* (Morea – das ist der damals völlig verödete Peloponnes). Und die Empörung richtet sich vor allem gegen die geistige Begrenztheit der orthodoxen Theologie, der – wie Hölderlins Studienfreund Hegel sagt – «mechanischen Köpfe», der – wie Hölderlin sagt – *Todtengräber in Tübingen.* Lieber noch das redliche Handwerk eines Skribenten, tröstet er seinen Halbbruder, der Schreiber von Beruf ist: *Glaube mir, es ist nicht so arg, an den Fronkarren der löblichen Schreiberei gespannt zu sein, als an der Galeere der Theologie zu seufzen* [28].

Die gehütete Enge der Klostermauern war der geeignete Widerstand, an dem sich der Durst der jungen Generation nach dem Freien, Reinen, Wahren entzündete und entfaltete. Gerade in der Begegnung mit den erstarrten Systemen dehnte sich die Spannung zum Unbedingten und wuchs zur produktiven Leidenschaft. Auf diesem dynamischen Hintergrund entstanden die neuen Entwürfe der Jugend: Entwürfe der Freundschaft, Entwürfe der Freiheit, Entwürfe einer neuen Geist-Erkenntnis, Entwürfe einer neuen Geschichtsschau, Entwürfe einer neuen theokratischen Staatsform, Entwürfe einer neuen Religion.

Die erste «Welle», in der Hölderlin diesen Aufbruch, diese Bewegung mitvollzog, hatte ihren formgebenden Ausdruck in den nach Klopstock so genannten «Aldermannstagen».

Mut schöpfend bei der Erscheinung des österreichischen Kaisers

Das Tübinger Stift. Zeichnung von Eduard Mörike

Ludwig Neuffer (1769–1839). Zeitgenössisches Gemälde

Joseph II., der sein eindrucksvolles Lebenswerk auf die ans Utopische grenzende Konzeption eines aufgeklärt-toleranten absoluten Staates zu bauen versuchte, hatte Klopstock («geschrieben in der großen Halle 1769») eine Art akademischer Utopie «Die deutsche Gelehrtenrepublik. Auf Befehl der Aldermänner durch Salogast und Wlemar» entwickelt, eine Mischung von urwelthaftem Bardenthing und platonisch-aristokratischer Gesetzgebung. Klopstock stellte sich vor, seine enthusiastisch vorgetragne Utopie ließe sich zunächst in einer Art akademischer Zelle verwirklichen.

Die «Aldermannstage» im Stil der Klopstockschen Gelehrtenrepublik waren der Mittelpunkt der männerbündlerischen Freundschaft zwischen Hölderlin, Neuffer und Magenau. Neuffer ist an erster Stelle wichtig als die Gestalt in Hölderlins Leben, an der sich die in ihm lebendige absolute Kraft der Freundschaft umfassend entfaltete – er liebte ihn als den, *der mich zuerst das Glük der Freundschaft wahr und gründlich lehrte.*[29]

Christian Ludwig Neuffer, ein Jahr älter als Hölderlin, Versemacher mit Fleiß und Geschick, später Pfarrer (von dem der hervorstechende Zug betont wird, daß er «besonders gern gut gegessen u. getrunken habe»), war für Hölderlin jahrelang ein Lichtblick für seine dunkle, umgetriebne Seele. *Du vermagst alles über meine Grillen, u. Launen, u. wie die Plaggeister alle heißen,* gesteht er ihm schon nach den ersten Monaten der Freundschaft.[30]

Doch – komme du – du scherze mir Tiraden
Und Ahndungen der Zukunft von der Stirne weg.
(Einladung an Neuffer)

Voller Staunen blickt Hölderlin auf die Ausgeglichenheit des Gemüts, über die der Freund so selbstverständlich verfügt und deren Mangel ihm oft als tiefe Not bewußt wird. Nur ganz leicht läßt er dies anklingen in den Worten: *Es ist schon tiefe Nacht. Schlaf wohl, lieber Bruder! Du träumst warscheinlich schon. So wünsch' ich Dir heiterers Erwachen als ich gewönlich habe.* Den tiefern Grund für des Freundes stete heitere Stimmung sucht er in dessen Beharrlichkeit (die doch zugleich eine bürgerliche Unbeweglichkeit ist): *Dein treuer beharrlicher Sinn ist die Wurzel all' Deines Glüks und Deines Werths.*[31]

Carl Philipp Conz (1762—1827)

Rudolf Friedrich Heinrich Magenau (1767 bis 1846), ebenfalls ein talentierter Reimer, später Pfarrer, Sagenforscher und Balladendichter, war der Realist im Kreise der drei. Stets bescheiden und duldsam, mit barocker Kraft und einem herzlichen Humor begabt, bekannte er sich liebenswürdig zu den Grenzen seiner Kunst (an Neuffer): «O wie viel umfaßt der Flug ans Ziel... Du u. vieleicht auch Holz mögen so weit fliegen, ich leide noch izt an einer Schwingenlähmung, begegne euch vieleicht noch etwa einmal unterwegens auf dem Fluge, u. bleibe zurüke».[32]

Von dem Bund dieser drei lassen wir wiederum Magenau berichten:

«Gleich beim Anfange meiner Tübinger Laufbahn hatte ich mich nur mit gar wenigen Freunden eingelassen, unter diesen nenne ich deinen Namen, edler Neuffer! unseren Bund wird kein Tod zu zertrümmern vermögen... Später lernte ich Hölderlin kennen und ebenso fest als um Pylades und Orestes wand sich das Band brüderlicher Freundschaft um uns. Wir drei lebten zusammen in friedlicher Stille. Kein Tag verging, an dem wir uns nicht gesprochen, kein Abend, an dem wir uns nicht gesehen hätten. In gleicher Laufbahn rangen wir nach dem Ziele, dem Dank der Musen... Wir versammelten uns wöchentlich einmal des Donnerstags bei einem Becher Weines oder Bier, und da mußte jeder ein Gedicht seiner Muse vorlesen, das er den Tag zuvor jedem der Gesellschaft schriftlich übergeben hatte. Frei zu urteilen, war jedem erlaubt, ja es war erste Pflicht. Zu diesem Ende war ein eigenes Buch bereit, in welches die Gedichte, wenn sie gesichtet waren, eingeschrieben wurden. Mit jeder Woche wurde von uns dreien einer zum Aldermanne gewählt. Dieser durfte den zwei anderen, sich selber nicht vergessend, ein Thema zu einer ästhetischen

Abhandlung anweisen und vorschlagen, welche alsdann bei der nächsten Sitzung abgelesen werden mußten ...

... Matthison, wohl der liebenswürdigste von unsern Dichtern, knüpfte zwischen sich und Hölderlin ein enges Band. Hölderlin hatte ihm zu Tübingen im Beisein Neuffers und Stäudlins eine Hymne an die Kühnheit, die viele glückliche Züge hat, vorgelesen. Matthison entglühte von sympathetischem Feuer, warf sich in Hölderlins Arme, und der Bund der Freundschaft war geschlossen. Hölderlin wird gewiß viel Gutes leisten. Seine verworrene Anlage bei seinen Ausarbeitungen verwischt sich nach und nach, und nun fängt er an deutlich und verständlich zu werden. Wie kämpften ich und Neuffer gegen seine Capricen! Er studiert den Stoff zu seinen Gedichten erst mühsam durch, dann erst legt er die Feder an. Seine Phantasie ist nicht feuerlos, nur etwas zu wild. Er zittert, wenn ihn ein Gedanke anzieht. Im Griechischen und in der Philosophie hat er schöne Kenntnisse gesammelt. Wer ihn sah liebte ihn und wer ihn kennen lernte der blieb sein Freund».[33]

Magenaus Urteil über Hölderlins Kunst ist nicht so abwegig. Man muß ja beachten, daß es sich um den jungen, vierzehn- bis dreiundzwanzigjährigen Hölderlin handelt, den Hölderlin in der Phase des tastenden, ringenden, sprengenden Aufbruchs. Besonders kennzeichnend für diese Epoche Hölderlins ist der Satz: «Er studiert den Stoff zu seinen Gedichten erst mühsam durch, dann erst legt er die Feder an.» Damit ist, von der Seite der Entstehung her, der Eindruck bestätigt, den Hölderlins Tübinger Arbeiten machen: sie sind sehr konstruiert.

Der zielsetzende Griff des seine Möglichkeiten allmählich erahnenden Künstlers steckt den thematischen Rahmen ab, zieht die gedanklichen Konturen, probt die Energien des Mythos aus und zwingt sich zu einem überpersönlichen, gewaltsam-harten Pathos. Was weithin noch fehlt, ist die leiblich-seelische Fülle und das schicksalhafte Gewicht. Als kraftvolles Band zieht sich durch alle Hymnen das Empörerische, das den ins Unbedingte blickenden Jüngling treibt. Riesige Dimensionen sind aufgerissen – aber der Weg dorthin, die Stufen, sie zu erobern, sind noch nicht vollzogen. So stehen die Hymnen oft etwas verloren im Raum. Umrisse sind gezeichnet, Möglichkeiten eröffnet; der alles in die Proportion rückende Ernst der Notwendigkeit ist erst im Kommen.

Selbstverständlich erkennt man schon am Schritt, an der Gebärde, am Denkstil dieser Hymnen ihren Meister: Schiller. Die Bedeutung Schillers – dessen menschliche, dichterische und denkerische Potenz gleichsam als täglich Brot im Kreise der drei wirksam war – ist am Pathos der Hymnen mühelos abzulesen. Schillers Vorbild zwingt den noch Unsicheren zur entschlossenen Verkündigung. Sein eignes differenziertes Gemüt überspringend, bindet sich der Dichter an objektive Maße, hält kühne, großlinige Reden, setzt totale Forderungen. Der Schluß der Hymne *Dem Genius der Kühnheit* – die Matthisson so entzückte – heißt:

Friedrich von Matthisson (1761–1831).
Scherenschnitt von Louise Duttenhofer

Doch schreklich war, du Gott der Kühnen!
Dein heilig Wort, wenn unter Nacht und Schlaf
Verkündiger des ew'gen Lichts erschienen,
Und den Betrug der Warheit Flamme traf;

Wie seinen Bliz aus hohen Wetternächten
Der Donnerer auf bange Thale streut,
So zeigtest du entarteten Geschlechten
Der Riesen Sturz, der Völker Sterblichkeit

Du wogst mit strenggerechter Schaale,
Wenn mit der Toge du das Schwerd vertauscht,
Du sprachst, sie wankten, die Sardanapale,
Vom Taumelkelche deines Zorns berauscht;
Es schrökt' umsonst mit ihrem Tygergrimme
Dein Tribunal die alte Finsterniß,
Du hörtest ernst der Unschuld leise Stimme,
Und opfertest der heil'gen Nemesis.

Verlaß mit deinem Götterschilde,
Verlaß, o du der Kühnen Genius!
Die Unschuld nie. Gewinne dir und bilde
Das Herz der Jünglinge mit Siegsgenuß!
O säume nicht! ermahne, strafe, siege!
Und sichre stets der Warheit Majestät,
Bis aus der Zeit geheimnißvoller Wiege
Des Himmels Kind, der ew'ge Friede geht.

Insgeheim – gleichsam unscheinbare Blüten mitten im Gewitter – klingen die stillen, eigentlich Hölderlinschen Akzente auf: *heilig – Unschuld – leise – Kind – Friede.*

Bald nach Hölderlins Weggang aus Tübingen verstummt die gewalttätig-prächtige Sprache dieser Hymnen: *Ich kann es jezt schon nimmer leiden,* sagt er über sein *Gedicht an das Schiksaal,* das noch ganz in dem Hymnenstil geschrieben ist, schon im April 1794. Die reinen, schwebenden Töne des eigentlichen Hölderlin gewinnen nun die Führung.

Schillers künstlerische Bedeutung für Hölderlin ist also sehr begrenzt. Der tiefere Einfluß liegt in der menschlichen, man kann fast sagen: erzieherischen Wirkung auf Hölderlin. Die intellektuelle Souveränität Schillers – sowohl im persönlichen Gespräch als auch im Werk – hat Hölderlins grundsätzliche Einstellung zum Dichten wesentlich gebildet. Das Vorbild des älteren, sichereren Schiller war gewiß mächtiger als die ebenfalls sehr erzieherische Nähe Hegels. Durch die im besondern an Schiller geübte intellektuelle Energie hat Hölderlin – Schillers Vorbild in der Differenziertheit der Dialektik weit überholend – das denkerische Niveau seiner Dichtung gewonnen. (Daß das Grüblerische zugleich tief in ihm angelegt war, muß nicht besonders betont werden.)

Dies alles macht freilich das Dichten *mühsam.*

Der dichterischen Entwicklung vergleichbar sind die Wege der Freundschaft. Nachdem sich der Durchbruch ins Mysterium der

Freundschaft ereignet hat, treten die individuellen Gestalten der Freunde Neuffer und Magenau in ihrer Bedeutung immer mehr zurück. Es wird deutlich, daß sie die Macht auf Hölderlin mehr durch ihre instrumentale Funktion hatten, Eröffner des Reichs der Freundschaft zu sein, als durch ihr persönliches Gewicht. Der Prozeß, der dies langsam enthüllt, hat manche tragische Nuance. Vielleicht gehört es zum Schicksal des schöpferischen Menschen, daß in seinem Lebensumkreis Schatten entstehen.

Gotthold Friedrich Stäudlin (1758–1796) Gemälde von Ph. Fr. Hetsch

Das Schiksaal treibt uns vorwärts und im Kreise herum, und wir haben so wenig Zeit, bei einem Freunde zu verweilen, wie einer, mit dem die Rosse davongegangen sind. Mit diesem Satz ist die Situation mythisch erfaßt. Der Sturm, der Hölderlin forträgt, läßt die beiden Freunde zurück. Wohl bewundert Hölderlin noch — wie im Davonbrausen — die *Vestigkeit* des Freundes: *Doch hast Du Ruhe ... Ich möchte sie auch haben.*[34] Dennoch weiß er, daß sein Geschick in dem ewigen Ungenügen des Geistgetriebenen liegt. Keine der beiden Freundschaften hielt sich bis zur Wende des Jahrhunderts.

Neben der feinen, dem Dichter lebenslang treuen Gestalt des Griechenschwärmers Conz — eines Mannes «voll Herzensgüte und Naivetät ... nur in seiner literarischen Welt zu Hause, in der gemeinen ... ein Fremdling»[35] — muß hier noch eines besonders wichtigen, sehr aktiven Freundes gedacht werden: des zwölf Jahre älteren Juristen Gotthold Friedrich Stäudlin. *Stäudlin ist warlich ein herrlicher Mann,* schreibt Hölderlin und dankt der Stunde, da sein *Herz* ihn *fand.* Ein Blick auf Stäudlins Porträt läßt uns den schlichten Adel seines Wesens und die Vornehmheit seiner Erscheinung spüren. Stäudlin hat Hölderlin manchen entscheidenden Freundschaftsdienst geleistet. In den Almanachen von 1792 und 1793, die er herausgab, veröffentlichte er mehrere Tübinger Hymnen, im Sommer 1793 vermittelte er die Bekanntschaft mit Matthisson und die folgenschwerere mit Schiller. Das Anliegen der französischen Revolution, in dem absolutistisch regierten Württemberg brennend aktuell, griff Stäudlin sehr bewußt und seriös auf. Im Gegensatz zu den umstürzlerischen Ausbrüchen der jungen Tübinger Revolutionäre arbeitete der ältere, kritische Jurist kühler, gewissenhafter. Hölderlin (*wir müssen dem Vaterlande, und der Welt ein Beispiel geben, daß wir nicht geschaffen sind, um mit uns nach Willkür spielen zu lassen*) schien den tiefsten Ansporn zu seinem *In Tyrannos* aus seiner Verbundenheit mit dem um Stäudlin gesammelten Freundeskreis zu empfangen. Stäudlin, ein Mann lautersten Kämpfertums, forderte seine Freunde zu stillem Mitwirken an der Sache der Freiheit auf. So schrieb er nach der Prüfung eines ihm vorgelegten frühen *Hyperion*-Fragments: «An Ihrem Roman hat mich die schöne Sprache und das Lebendige der Darstellung sehr angezogen... Unterlassen Sie doch nicht... versteckte Stellen über den Geist der Zeit in dieses Werk einzuschalten!!!»[36] (Stäudlin hat sich durch seine Wahrhaftigkeit bald die Regierung zum Feind gemacht und mußte 1793 das Land verlassen. Der Idealist fand auch außer Landes keine Wirkungsstätte mehr und stürzte sich im September 1796 in den Rhein.)

Lockerer waren Hölderlins Beziehungen zu den Kreisen der Tübinger Revolutionäre. Unter ihnen war es offenbar vor allem Christian

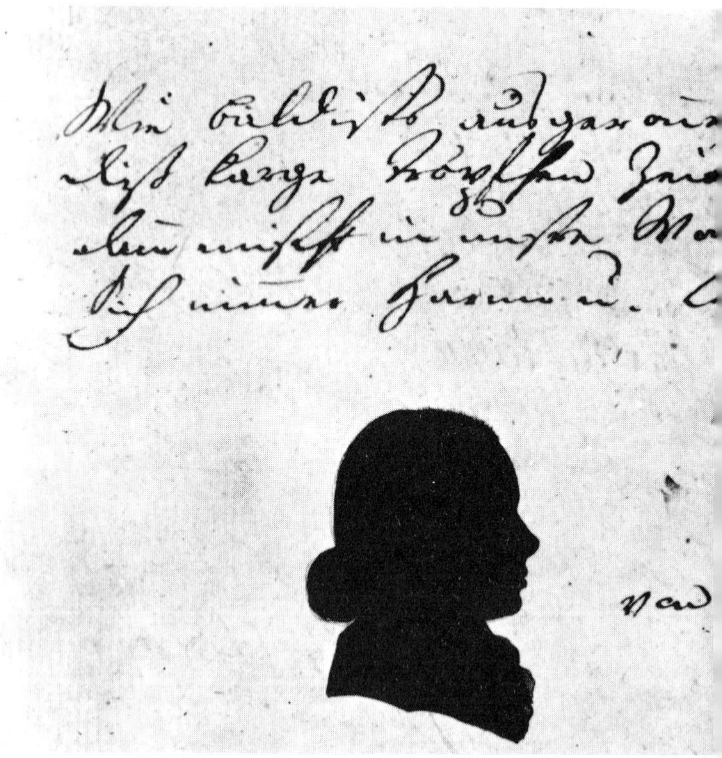

Friedrich Hiller (1769–1817), an dessen munterer, offener Natur er sich herzlich freute. Viel besser als wir es können, hat ihn Hölderlin selber charakterisiert:

Bruder! dir gab ein Gott der Liebe göttlichen Funken,
Zarten geläuterten Sinn, zu erspäh'n, was herrlich und schön ist;
Stolzer Freiheit glühet dein Herz, und kindlicher Einfalt –
Bruder! komm' und koste mit mir des zaubrischen Bechers.
(Kanton Schweiz. An meinen lieben Hiller)

Hiller, dessen reines, *unumwölktes Auge* von dem universalen Friedens- und Freiheitsgedanken ergriffen war, war einer der Feuerköpfe, die in Tübingen Revolution demonstrierten. Der jugendliche Tanz um den Freiheitsbaum (wohl am 14. Juli 1793, dem vierten Jahrestag der französischen Revolution) und der Neujahrskrach vermummter bewaffneter Studenten auf dem Tübinger Marktplatz (1793/94) waren die Höhepunkte.[37] Über den im Hintergrund spielenden ordensähnlichen Geheimbund der «Harmonisten» oder «Schwarzen Brüder» (denen Sinclair bis 1795 angehörte) sind wir nur durch flüchtige Spuren unterrichtet. Daß Hölderlin jeder geschlossenen Organisation fernblieb, darf als sicher gelten. Von seiner inneren Fremdheit jeder Demonstrantentätigkeit gegenüber mögen noch die späten Worte zeugen:

Nicht will ich
Die Bilder dir stürmen

Durchaus idealistischen Charakter trug auch – um Ostern 1791 – die gemeinsame Reise der drei Freunde Hölderlin, Hiller und Memminger in die Schweiz

Hölderlin mit achtzehn Jahren. Eintrag in das Stammbuch von Christian Friedrich Hiller

(Friedrich August Memminger, Medizinstudent, war ein heiterer und aufrichtiger Reisekamerad). Es ging ja darum, das *Land der göttlichen Freiheit* kennenzulernen, in dem arkadischer Friede und kämpferischer Stolz aufs glücklichste beieinanderwohnten:

Dort, wo der Abendstral die Westgewölke vergüldet,
Dorthin wende den Blik, und weine die Thräne der Sehnsucht!
Ach! dort wandelten wir! dort flog und schwelgte das Auge
Unter den Herrlichkeiten umher! — wie dehnte der Busen
Diesen Himmel zu fassen, sich aus! — wie brannte die Wange
Süß von Morgenlüften gekühlt, als unter Gesängen
Zürch den Scheidenden schwand im sanfthingleitenden Boote!
... Arkadiens Friede
Köstlicher, unerkannter, und du, allheilige Einfalt,
Wie so anders blüht in eurem Strale die Freude! — ...
Könnt' ich dein vergessen, o Land, der göttlichen Freiheit!
Froher wär' ich; zu oft befällt die glühende Schaam mich,
Und der Kummer, gedenk' ich dein, und der heiligen Kämpfer.
(Kanton Schweiz)

Erst seit vier Jahren wissen wir, daß die drei Freunde auf ihrer Wanderung auch den berühmten Theologen und Physiognomen Lavater in Zürich besucht haben. Als die nächstliegende Gesprächsebene bot sich zunächst sicher der Freiheitsgedanke an, denn Lavater gehörte zu denen, die sich — wie viele führende Geister der Zeit — vom Impuls der Französischen Revolution zuerst enthusiastische Hoffnungen machten («Lied eines Schweizers»), sich von den revolutionären Bil-

Friedrich August Memminger (geb. 1770). Schattenriß aus dem Stammbuch von Georg Christoph Friedrich Rueff, 1790

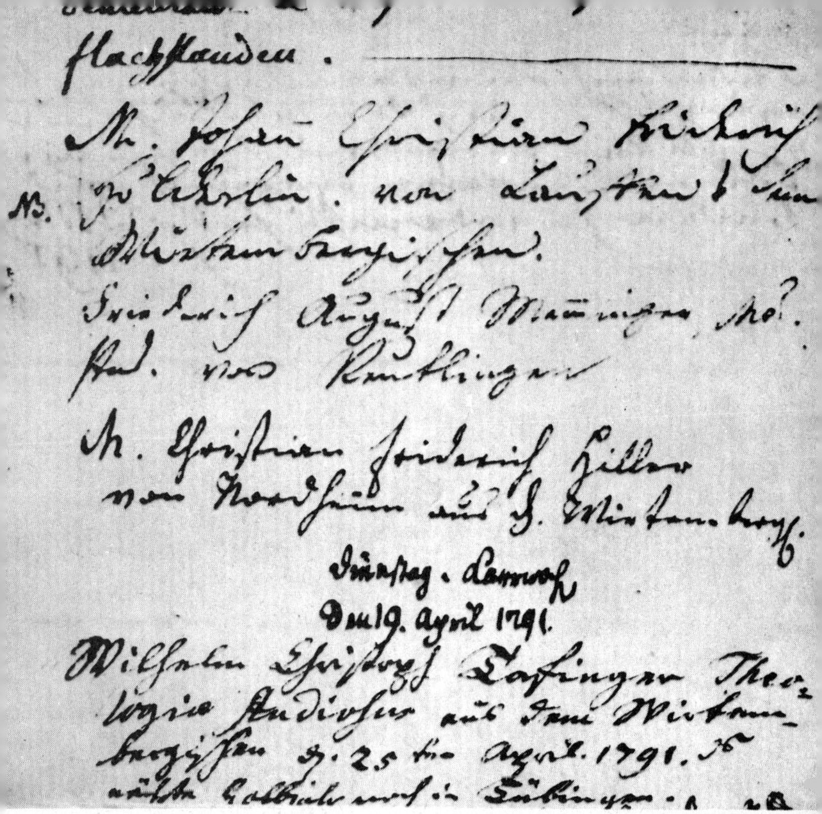

Lavaters Fremdenbuch mit einem Eintrag von Hölderlin, Memminger und Hiller. Neben Hölderlins Eintrag ein Vermerk von Lavaters Hand: NB.

derstürmern aber bald enttäuscht abwandten. Die Aufwartung der drei Reisenden bei Lavater ist vermutlich durch Hölderlins Freund, den *Helffer* Nathanael Köstlin, vermittelt worden, der Lavater kannte. Kurz vor der Reise schrieb Hölderlin noch seiner Mutter: *Wenn Sie meinen, es schike sich, so wollt sich Sie gehorsamst gebetten haben, mir von ... HE. Helffer einige Adressen nach Zürch ... auszubitten.* Lavaters Verbindung zum schwäbischen Pietismus läßt sich leicht etwa daran ablesen, daß er das Geheimnis des Genies mit dem Begriff «Zentralfeuer» zu umschreiben versucht – den Begriff nimmt er wohl von Oetinger und Hahn.

Es ist reizvoll, sich den scharfsichtigen Blick des Physiognomen zu vergegenwärtigen – der von sich sagen konnte: «In den physiognomischen Zügen will ich's wagen, Linien von Köpfen hinzuzeichnen, die Dichter sein müssen, und von Köpfen, die nicht Dichter sein können» – und der darum an Hölderlins Kopf sofort ermessen mochte,

Johann Caspar Lavater (1741–1801). Stich von D. Berger

was in ihm steckte. Lavater setzte daher neben den Eintrag Hölderlins in sein Fremdenbuch wie eine Art Ausrufezeichen die Buchstaben «N. B.» (Nota bene), was er sonst nie tat, und schrieb mit ungewöhnlicher Genauigkeit das Datum darunter: «Dienstag, Karwoche. Den 19. April 1791» — womit die Bedeutung der Begegnung auf eine doppelte Weise unterstrichen ist [38].

Zur genauen Unterscheidung der ganz innerlichen Empörerkraft Hölderlins von den umtriebigen Revolutions-Machern seines Umkreises diene ein Wort seines spätern Freundes Böhlendorff. Es erwähnt neben Hölderlin den stürmischen Aktivisten Sinclair (von dem weiter unten näher die Rede sein wird): «Ich habe hier einen Freund [Sinclair] der Republikaner mit Leib und Leben ist — auch einen andern Freund, der es im Geist und in der Wahrheit ist, die gewiß, wenn es Zeit ist, aus ihrem Dunkel hervorbrechen werden;

der lezte ist Dr. Hölderlin, der Verfasser des Hyperion, einer Schrift die Epoche zu machen, im tiefsten Sinne verdient ...»[39]

Die Zeugnisse über die charmante Verwegenheit des Jünglings Hölderlin in Tübingen berichten von einer ersten Phase seines Abenteurertums. Doch mehr und mehr verinnerlicht sich dieser Impuls. Ja — seine äußere Manifestation war überhaupt nur ein flüchtiges Erkennungszeichen für die drängende Intensität, deren eigentliches Fundament im Unsichtbaren liegt. Der wesenhaft revolutionäre Auftrag Hölderlins wird nicht durch Krach, Umsturz, Bildersturm erledigt, sondern in stillem leidvollem Ahnen ertragen:

Schon zu lange, zu lang irr ich, dem Laien gleich,
In des bildenden Geists werdender Werkstatt hier,
Nur was blühet, erkenn ich,
Was er sinnet, erkenn ich nicht.

Und zu ahnen ist süß, aber ein Leiden auch,
Und schon Jahre genug leb' ich in sterblicher
Unverständiger Liebe
Zweifelnd, immer bewegt vor ihm,

Der das stetige Werk immer aus liebender
Seele näher mir bringt, lächelnd dem Sterblichen
Wo ich zage, des Lebens
Reine Tiefe zu Reife bringt.

Schöpferischer, o wann, Genius unsers Volks,
Wann erscheinest du ganz, Seele des Vaterlands,
Daß ich tiefer mich beuge,
Daß die leiseste Saite selbst

Mir verstumme vor dir, daß ich beschämt
Eine Blume der Nacht, himmlischer Tag, vor dir
Enden möge mit Freuden,
Wenn sie alle, mit denen ich

Vormals trauerte, wenn unsere Städte nun
Hell und offen und wach, reineren Feuers voll
Und die Berge des deutschen
Landes Berge der Musen sind,

Wie die herrlichen einst, Pindos und Helikon,
Und Parnassos, und rings unter des Vaterlands
Goldnem Himmel die freie,
Klare, geistige Freude glänzt. (*An die Deutschen.* 1799)

Der Schwerpunkt dieser Zeilen liegt in dem Gedanken, daß der schöpferische Genius, der *bildende Geist* so still ist, daß auch die *leiseste Saite* des Dichters vor ihr verstummt. Rückte das Neue mit Lärm und Gewalt an, so würden die alten Instrumente einfach zerschlagen, das Spiel würde abbrechen. So aber verstummen die Töne von selbst, das Leiseste mündet in das Schweigen der Andacht, geht auf in der *geistigen Freude.*

In dieser Region liegt der Vereinigungspunkt zwischen den drei genialen Freunden Hölderlin, Hegel und Schelling. Die Freundschaft dieser drei ist der Gipfel von Hölderlins Tübinger Studienzeit – wohl auch der Gipfel für die beiden anderen, und, nach den «Aldermannstagen» mit Neuffer und Magenau und der Mitergriffenheit durch die französische Revolution, die dritte und entscheidende «Welle» des empörerischen Aufbruchs ins Reine, Freie.

Die Jahre der eigentlichen, engen Gemeinsamkeit zwischen Hölderlin, Hegel und Schelling begannen im Herbst 1790 und endeten im Herbst 1793. Die Freundschaft zwischen Hölderlin und Hegel wurde bis um die Jahrhundertwende weitergeführt, die Freundschaft zwischen Hölderlin und Schelling wich wohl bald einer distanzierteren, sehr seriösen gegenseitigen Hochachtung.

Das seltene Wunder einer dreifachen Freundschaft auf einem gemeinsamen unbestechlichen geistigen Niveau war hier als Möglichkeit gegeben und wurde in den Tübinger Jahren in einer vielleicht einmaligen Weise aufgegriffen und erfüllt. Auf der geistigen Entdeckerfahrt der Jünglinge wurde in großen Linien die Welt der idealistischen Sendung erkundet, in deren Tiefen die drei Freunde dann später, jeder auf seinem eignen Schicksalsweg, einzudringen hatten – Hölderlin auf dem Weg zur Sphäre des «blühenden Geistes», Hegel auf dem Weg zur Gemeinschaft im Geist, Schelling auf dem Weg zur «Kirche des Johannes». Bevor wir die in Tübingen liegenden Ansätze untersuchen, betrachten wir die persönliche Seite der Freundschaften.

Die gewichtigste Beziehung in der Konstellation der drei war zweifellos die zwischen Hölderlin und Hegel. Das hat seinen Grund nicht nur im gemeinsamen Alter dieser beiden (Schelling war ja fünf Jahre jünger). Die beiden hatten Macht übereinander durch die extrem polare Spannung ihrer Begabungen und durch ihrer beider seltsam ergreifende, zärtlich-strenge Liebe zueinander.

Das Schicksalhafte dieser Freundschaft – schicksalhaft auch in der Wirkung auf das Jahrhundert – liegt im Persönlichen sowohl wie im Geistigen. Für Hegel war «diese Freundschaft wenigstens von seiner Seite die persönlich wärmste seiner Jugendzeit» (Rosenzweig). Hölderlin fühlte *Hegels Umgang ... sehr wohlthätig ... Ich liebe die ruhigen Verstandesmenschen, weil man sich so gut bei ihnen orientiren kann, wenn man nicht recht weiß, in welchem Falle man mit sich und mit der Welt begriffen ist.* Über die geistige Ebene der Beziehung ist zu Recht gesagt worden, daß «aus dem persönlichen Umgang mit Hölderlin allein der existentielle Grund des Hegelschen Philosophierens zu begreifen» sei (Hoffmeister). Hölderlin, auf der andern Seite, bekennt in einem Brief an Hegel: *... so sind wir der Ewigkeit unserer Freundschaft gewis ... Du warst so oft mein*

Friedrich Wilhelm Joseph Schelling (1775—1854). Kohlezeichnung von Friedrich Tieck, um 1805

Genius. Ich danke Dir ser viel. Das fül ich erst seit unserer Trennung ganz. Ich möchte Dir wol noch manches ablernen, auch zuweilen etwas von dem meinigen mitteilen . . . Wir müssen uns zuweilen mahnen, daß wir große Rechte aufeinander haben.[40]

Ein ergreifendes Zeugnis dieser Freundschaft ist das Gedicht, das Hegel seinem Freund Hölderlin widmete und in dem der Spröde eine hymnische Freiheit und Anmut entfaltet, die man nicht bei ihm suchen würde:

> ... Dein Bild, Geliebter, tritt vor mich,
> Und der entfloh'nen Tage Lust; doch bald weicht sie
> Des Wiedersehens süßern Hoffnungen –
> Schon mahlt sich mir der langersehnten, feurigen
> Umarmung Scene; dann der Fragen, des geheimern
> Des wechselseitigen Ausspähens Scene,
> Was hier an Haltung, Ausdruk, Sinnesart am Freund
> Sich seit der Zeit geändert, der Gewisheit Wonne,
> Des alten Bundes Treue, fester, reifer noch zu finden,
> Des Bundes, den kein Eid besiegelte,
> Der freien Wahrheit nur zu leben,
> Frieden mit der Satzung
> Die Meinung und Empfindung regelt, nie nie einzugehn.

Kurzatmiger, sporadischer als die Freundschaft zwischen Hölderlin und Hegel, wenn auch in der Wurzel vielleicht ebenso tief, ist die zwischen Hölderlin und Schelling. Der äußern Dauer nach ist sie sogar viel ausgedehnter. Vom Anfang der Beziehung auf der Nürtinger Schule war oben die Rede. Die letzte Begegnung fand im Sommer 1804 in Würzburg statt, Hölderlin, «in merklicher Zerrüttung», war damals auf seiner zweiten Fahrt nach Homburg.

Die glückhafte Sicherheit und Souveränität Schellings mag es gewesen sein, die den schwereren Hölderlin immer etwas in der scheuen Distanz bleiben ließ. Es geht zunächst auf die Rechnung dieser Scheu Hölderlins, wenn nach den Tübinger Jahren der Kontakt aufhörte: «Hölderlin – ich vergab es seiner Laune, daß er unserer noch nie gedacht hat», schreibt Schelling 1795 an Hegel. Mit dem ruhigeren Hegel hatte es Hölderlin leichter. Als sich Hölderlin dann im Sommer 1799 an Schelling mit der Bitte wandte, ihn bei seinem Plan, ein humanistisches Journal herauszugeben, zu unterstützen, hatte er in seinem Brief Worte der Achtung und fast schmerzvollen Erinnerung: *Freund meiner Jugend! ... Dir, der mit dieser nur zu seltenen Vollständigkeit und Gewandtheit die Natur des Menschen und seiner Elemente durchschaut und umfaßt ...* – aber es fehlen die Worte der innigen Freundschaft. Der Abstand durch die vielen Jahre war nicht mehr ohne weiteres zu überbrücken. Schellings Ablehnung zu einem krassen Vorwurf auszuwerten: er «ließ Hölderlins einzigen Hilferuf unbeantwortet» (Heer), ist nicht gerechtfertigt: an dem undurchführbaren und undurchgeführten Plan Hölderlins hätte Schellings Beitrag nichts ändern können. Von Schellings Entsetzen und Schmerz über Hölderlins spätere Krankheit zeugen seine Briefe, die weiter unten zu erwähnen sind.

Die geistige Verwobenheit der drei Freunde, die als geniales «Klee-

*Georg Friedrich Wilhelm Hegel (1770–1831).
Zeichnung von Friedrich Hensel*

blatt» von außen neidvoll bewundert wurde, war zeitweise so dicht, daß man das geistige Eigentum des einzelnen zwar der Sprache, nicht aber dem Gehalt nach aussondern kann – man tut besser, die Tübinger Ansätze als komplexes Ganzes zu begreifen und höchstens die im einzelnen ruhenden Schwerpunkte zu ertasten. Vielleicht läßt sich Schellings Beitrag vor allem im kühnen, scharfgezielten gedanklichen Wurf sehen, Hölderlins Beitrag in der rückhaltlos unbedingten Frömmigkeit und Hegels Beitrag in der prüfenden Präzision des Bauens und Schließens. Damit sind aber nur grobe Konturen angedeutet.

Das dialektische Denken – den dreien durch Herders organismische Denkart und Sprache nahegebracht, später durch Fichtes gewaltig-gewalttätige Wissenschaftslehre gefordert und geübt, ist den dreien, als mit dem Lebendigen denkenden Geistern, urtümlich eigen. Dialektisches Denken: Nachvollzug des in der Spannung, in der Polarität sich entwickelnden Lebens, Nachvollzug also des Werdens, das aus Pol und Gegenpol, beide überhöhend und versöhnend, das Neue, Dritte entwirft – dialektisches Denken ist den drei Freunden nicht eine anzuwendende Methode, sondern der Ur-Denkakt selbst. In dieses dialektische, wachstümliche Denken gehört das Begreifen des Geistes als eines geschichtlichen. Der *Geist entfaltet* das *Zeitbild* – so sagt es später Hölderlin in der *Friedensfeier.* Der Geist «legt sich aus» in der Geschichte – so sagt es Hegel. «Jeder besondere Moment der Zeit ist Offenbarung einer besonderen Seite Gottes, in deren jeder er absolut ist» – so sagt es Schelling.[41] Auf die Spannung zwischen der ersten Stufe (der des reinen, einfachen, unentfalteten Seins) und der zweiten (des sich kristallisierenden, denkenden Seins) baut sich die dritte des versöhnenden Friedens im Sein. So könnte man – sehr vereinfacht –, den denkerischen Dreischritt umreißen, den Hölderlin, Hegel und Schelling, jeder in seiner Weise und in unendlichen, vielschichtigen Variationen, schauen, meditieren, denken, dichten. Die dritte Stufe des versöhnenden Friedens ist die «Pointe» des Ganzen, das eigentliche Herzensanliegen, um das es den drei Freunden geht.

Lieber Bruder!

Ich bin gewis, daß Du indessen zuweilen meiner gedachtest, seit wir mit der Loosung – Reich Gottes! von einander schieden. An dieser Loosung würden wir uns nach jeder Metamorphose, wie ich glaube, wiedererkennen.

So beginnt Hölderlin seinen Brief an Hegel im Sommer 1794, neun Monate nach dem gemeinsamen Abschied aus Tübingen. Daß dieses Reich Gottes nicht rein transzendent, sondern eine von uns vorzubereitende konkrete Möglichkeit ist, bezeugt der junge Hegel: «Ein Kreis der Liebe, ein Kreis von Gemütern, die ihre Rechte an alles Besondere gegeneinander aufgeben und nur durch gemeinschaftlichen Glauben und Hoffnung vereinigt sind, deren Genuß und Freude allein diese reine Einmütigkeit der Liebe ist, ist ein kleines Reich Gottes.»

Als die keimzellenartige Schule für dieses Reich Gottes wird der durch Luther, Kant und Herder ausgebildete Gedanke der «unsichtbaren Kirche» aufgegriffen und vertieft. «Das Reich Gottes komme, und unsre Hände seien nicht müßig im Schoße. Vernunft und Freiheit bleiben unsere Losung, und unser Vereinigungspunkt die unsichtbare Kirche», schreibt Hegel an Schelling (1795). Der pneumatische Stil dieses Entwurfs tritt klar in den flüchtigen Notizen des jungen Hegel zu einer Predigt zutage:

«Dieses Reich ist nicht ein weltlicher Staat – wie seine Jünger und Zeitgenossen lange hofften... er entäußerte sich der Macht, mit der er eins hätte errichten können – vor Pilatus deutlich erklärt: mein Reich ist nicht von dieser Welt... Auch nicht die sichtbare Kirche – wir heißen alle Christen... Ist dies das Reich Gottes?... Das Reich Gottes zeigt sich nicht in äußerlichen Zeremonien – die Verehrung Gottes nicht im äußerlichen Gottesdienst».[42]

Hingerissen dichtet Hölderlin die Idee der neuen, unsichtbaren Kirche später im *Hyperion:*

O Regen vom Himmel! o Begeisterung! Du wirst den Frühling der Völker uns wiederbringen. Dich kann der Staat nicht hergebieten. Aber er störe dich nicht, so wirst du kommen, kommen wirst du, mit deinen allmächtigen Wonnen, in goldne Wolken wirst du uns hüllen und empor uns tragen über die Sterblichkeit, und wir werden staunen und fragen, ob wir es noch seyen, wir, die Dürftigen, die wir die Sterne fragten, ob dort uns ein Frühling blühe – frägst du mich, wann diß seyn wird? Dann, wann die Lieblingin der Zeit, die jüngste, schönste Tochter der Zeit, die neue Kirche, hervorgehn wird aus diesen beflekten veralteten Formen, wann das erwachte Gefühl des Göttlichen dem Menschen seine Gottheit, und seiner Brust die schöne Jugend wiederbringen wird, wann – ich kann sie nicht verkünden, denn ich ahne sie kaum, aber sie kömmt gewiß, gewiß. Der Tod ist ein Bote des Lebens, und daß wir jezt schlafen in unsern Krankenhäusern, diß zeugt vom nahen gesunden Erwachen. Dann, dann erst sind wir, dann ist das Element der Geister gefunden!

Der Wirkraum des neuen geistigen Frühlings ist die Stille:

Drum hab ich heute das Fest, und abendlich in der Stille
Blüht rings der Geist und wär auch silbergrau mir die Loke,
Doch würd ich rathen, daß wir sorgten ihr Freunde
Für Gastmahl und Gesang, und Kränze genug und Töne
Bei solcher Zeit unsterblichen Jünglingen gleich.

(*Friedensfeier,* 1. Entwurf)

Die Stille und durch sie die Möglichkeit einer geistigen Erneuerung ist eine Sache des Hörens. Die mit dem harmonikalen Denken ihrer Landsleute Kepler und Fricker Vertrauten wissen, daß das Einswerden ein Geheimnis des Ein-Klangs ist: der junge Hegel spricht von der möglichen «Harmonie, in welcher... die vielen Lebensgeister in Ein Leben einklingen».[43] Wo das Hören versagt, beginnt der Streit:

Denn, als sie erst sich angesehen,
Da nahten die Anderen erst; dann sazten auch
Die Unseren sich neugierig unter den Ölbaum.
Doch als sich ihre Gewande berührt,
Und keiner vernehmen konnte
Die eigene Rede des andern, wäre wohl
Entstanden ein Zwist ... (*Die Wanderung*)

Das Vertauschen des *Worts* ist dann die letzte, endgültige Versöhnung:

und eine Weile
Sahn still sie auf, dann reichten sie sich
Die Hände liebend einander. Und bald

Vertauschten sie Waffen und all
Die lieben Güter des Haußes,
Vertauschten das Wort auch ... (*Die Wanderung*)

Das Gespräch ist das eigentliche Leben der Seele:

Nicht ist es gut,
Seellos von sterblichen
Gedanken zu seyn. Doch gut
Ist ein Gespräch und zu sagen
Des Herzens Meinung, zu hören viel ... (*Andenken*)

Das Reich Gottes, die Ganzheit im Geist ist da, wo der eigene Ton, die eigene Treue des Einzelnen[44] übergeht in das Tönen des Ganzen und in das Wachstum des Ganzen:

Sprache der Liebenden
Sei die Sprache des Landes ... (*Die Liebe*)

Eines der verborgensten Schlüsselworte Hölderlins heißt *rings*. In der Stunde, da *rings der Geist* blüht, weiten sich die *Geseze* der Liebenden zu den allgeltenden Gesetzen des Friedens:

Die Geseze aber, die unter Liebenden gelten
Die schönausgleichenden sie sind dann allgeltend
Von der Erde bis hoch in den Himmel.
(*Friedensfeier*, 2. Entwurfsstufe)

Dies ist die aus der gemeinsamen Intuition der drei Freunde entwickelte Konzeption einer Theokratie der Zukunft, gebaut auf die Kraft des einzelnen Willens.

Hölderlin mit 20 Jahren

DER WANDERER

Hölderlin, hellwach für die Gewalten des Keimenden, Reifenden – er hörte es, wenn *das Wachstum rauscht (Heimath)* –, immer nur in der unbedingten Dynamik beheimatet, behielt sich stets das Recht vor, mit den Gesetzen von Zeit und Raum innerhalb seines Denkens und Dichtens zu schalten, wie es seinen Maßen entsprach.

Wir bringen aber die Zeiten
untereinander (Bruchstück 48)

– sagt er über die Freiheit des Künstlers von der Zeit. Der Künstler ist dem Schöpferischen selbst benachbart, der *die Zeiten erneut,* er lebt an den Wurzeln des Seins, wo die *Natur werdende Tage sinnt (Lebenslauf),* wo das *Jahr wächst* und die Stunden und Tage *gemischt* werden *(Heimkunft).*

Dieselbe uranfängliche Freiheit hat der Dichter im Raum:

Frei wie die Schwalben, ist der Gesang, sie fliegen und wandern
Fröhlich von Land zu Land ... (Dem Allbekannten)

Wer dem Unbedingten, dem Werdenden gehört, für den kann das Vaterland wohl bedeutend sein als *Herz, Garten, Land des ... Genius, Land der Liebe (Gesang des Deutschen)*, nie aber als abgezirkelter begrenzter Raum, wohl als Ackergrund wachsender Kräfte, nie aber als dieser Kräfte Einschränkung.

Daß aber uns das Vaterland nicht werde
Zum kleinen Raum. Schwer ist der
Zu liegen, mit Füßen, den Händen auch.
Nur Luft (Bruchstück 74)

Luft ist das Element des schöpferischen Menschen, der nur in der Freiheit beginnen und nur in der Freiheit wirken kann.

O trinke Morgenlüfte,
Biß daß du offen bist,
Und nenne, was vor Augen dir ist. (Germanien)

Offenheit ist das Risiko, *alles* zu erfahren, *alles* zu kosten und zu durchkosten – und wenn dann die Offenheit geblieben ist, für *alles* den Dank zu wissen und zu sagen:

Diß erfuhr ich. Denn nie, sterblichen Meistern gleich,
Habt ihr Himmlischen, ihr Alleserhaltenden,
Daß ich wüßte, mit Vorsicht
Mich des ebenen Pfads geführt.

Alles prüfe der Mensch, sagen die Himmlischen,
Daß er, kräftig genährt, danken für Alles lern',
Und verstehe die Freiheit,
Aufzubrechen, wohin er will. (Lebenslauf)

Aufzubrechen steht hier im doppelten Sinn: sich öffnen und sich auf den Weg machen. *Die Freiheit, aufzubrechen* ist nicht etwas, was man einfach betätigen kann – es ist eine Sache des präzisen Verstehens. Die denkerische Schärfe von Hölderlins Dichtung wird hier deutlich.

Während der kurzen Jahre seiner erfüllten Gegenwart war Hölderlin gewissermaßen immer auf dem Wege. Mit vierzehn Jahren verließ er *der Mutter Haus* und ging nach Denkendorf, mit sechzehn nach Maulbronn, mit achtzehn nach Tübingen. Dort ließ er sich, der Bitte seiner Mutter entsprechend, fünf Jahre im Stift festhalten. Darauf folgte der Aufenthalt in Waltershausen von knapp einem Jahr und der in Jena von einem halben Jahr. Im Dezember 1795 trat er in das Gontardsche Haus in Frankfurt ein, im Herbst 1798 siedelte er nach Bad Homburg über. Dort verweilte er nicht ganz zwei Jahre, ein halbes Jahr dann in Stuttgart bei Landauer. Nach einem viermonatigen Versuch in Hauptwil blieb Hölderlin das übrige Jahr 1801 in Nürtingen. Im Winter 1802 wanderte er zu Fuß nach Bordeaux, von wo er schon im Frühsommer in verwirrtem Zustand zurückkehrte. Im Sommer 1804 fand er in Homburg noch einmal Asyl und wurde dann im September 1806 nach Tübingen in die Klinik gebracht. Etwa ein Jahr später kam er in die Pflege bei Schreinermeister Zimmer – der vom Genius Verlassene hatte nun Ruhe und verweilte noch 36 Jahre am selben Ort.

Die gedrängte Übersicht über dieses Wanderleben mag etwas vermitteln von der Wurzellosigkeit dieses Geistes im irdischen Raum, von der Zerklüftetheit dieses Schicksals, von der Aufgerissenheit und damit Durchlässigkeit dieses Wesens und Lebens. Zu einer Festigung war dieser Seele keine Zeit gegeben, durch die immer neuen Abschiede wurde sie jeder Gesichertheit, jeder Geborgenheit entfremdet. Stets vor den Anfang und damit vor das Absolute gestellt, hatte der Wille sich aus dem Sein selbst zu erneuern, eine andere Stütze war ihm nicht geboten.

Die Erfahrung der inneren und äußeren Wanderer-Existenz – wobei Inneres und Äußeres für den, der diese Existenz trägt, nicht unterschieden sind – steht im Hintergrund des Gedichtes *Abendphantasie*, das die subjektive Erlebnisschicht aber verwebt in den objektiven Raum der mythischen Schicksale. Dort ruht die Substanz des Versöhnlichen, die das Gedicht trägt:

Vor seiner Hütte ruhig im Schatten sizt
Der Pflüger, dem Genügsamen raucht sein Heerd.
Gastfreundlich tönt dem Wanderer im
Friedlichen Dorfe die Abendgloke.

Wohl kehren izt die Schiffer zum Hafen auch,
In fernen Städten, fröhlich verrauscht des Markts
Geschäfft'ger Lärm; in stiller Laube
Glänzt das gesellige Mahl den Freunden.

Wohin denn ich? Es leben die Sterblichen
Von Lohn und Arbeit; wechselnd in Müh' und Ruh'
Ist alles freudig; warum schläft denn
Nimmer nur mir in der Brust der Stachel?

Am Abendhimmel blühet ein Frühling auf;
Unzählig blühn die Rosen und ruhig scheint
Die goldne Welt; o dorthin nimmt mich
Purpurne Wolken und möge droben

Friedrich Schiller

In Licht und Luft zerrinnen mir Lieb' und Laid! –
Doch, wie verscheucht von thöriger Bitte, flieht
Der Zauber; dunkel wirds und einsam
Unter dem Himmel, wie immer, bin ich –

Komm du nun, sanfter Schlummer! zu viel begehrt
Das Herz; doch endlich, Jugend! verglühst du ja,
Du ruhelose, träumerische!
Friedlich und heiter ist dann das Alter. (1799)

In wenigen, großflächigen Bildern ist zu Beginn die Welt gezeichnet, die dem Wanderer unendlich vertraut und fremd ist. Jedes Wort hat sein kosmisches Gewicht. Unter den vier, eine ganze Welt zaubernden Begriffen: *ruhig – genügsam – gastfreundlich – friedlich* ist *genügsam* wohl das gedanklich schärfste, denn es kennzeichnet das Vollendetsein in sich, das ihm versagt ist, und *gastfreundlich* das in der Gemüthaftigkeit erregendste – denn der Wanderer hat ja keine Stätte, wo er die Gabe der Gastfreundlichkeit entfalten könnte.

Der labende Schatten, der sanfte Rauch und der Ton der Abendglokke überspielen das Ganze mit der Stimmung des behütenden Friedens. In einem bewegteren Schritt treten die Schiffer in das Gedicht ein, deren Beruf dem des wandernden Künstlers verwandt ist *(Andenken)* — auch sie haben den Hafen, die Stadt, heimzukehren. Der schmerzvollste Akzent in den beiden ersten Strophen liegt wohl in dem Worte *Freunden* — denn auch die Freundschaft ist ja ihm, dem Unbedingten, letztlich immer nur eine Unterbrechung seiner Einsamkeit.

Mit dem ganzen Gewicht der existentiellen Urfrage stehen im Zentrum des Gedichts die Worte *wohin denn ich?* Es ist sicher kein lauter Schrei, sondern vielmehr eine stille, unablässig im Innern pochende Frage. Aber nur einen ganz geringen Raum gibt der Dichter dieser Frage in dem Gedicht, gerade eine Strophe — und in ihr nimmt das Gegenüber, die sichere Ausgewogenheit der anderen, die *in Müh und Ruh,* in Arbeit und Lohn zufrieden sind, immer noch mehr Worte ein. An der Knappheit dieser Strophe kann man einen der wesentlichen Punkte bemerken, durch die sich Hölderlin von der Romantik merklich unterscheidet. Eine heftige Mischung zwischen Klage und heiligem Stolz liegt in den beiden Fragen. Nie würde der Wandernde die reine Stimme dieser Frage in sich aufgeben wollen, nie würde er untreu werden wollen gegen den göttlichen *Stachel,* der sein Leben weiht, indem er es zum Opfer macht. Aber kaum ist die Frage getan — die immer unbeantwortet bleiben muß —, da geht der Blick in den Aufblick über. Der Schimmer eines Moments leuchtet auf — Frühling, Blüte, Rosen, Purpur, vor dem Hintergrund der schon nahenden Nacht. Die Grenze zwischen Denken und Dichten wird hier deutlich: das Denken kann die Problematik, die Frage bereitstellen — irgendeine denkerische Antwort würde hier nie genügen. Das Dichten, Wirklichkeit schaffend, überwindet die Frage aus einer ganz anderen Dimension:

Am Abendhimmel blühet ein Frühling auf.

Das ist die dichterische Antwort auf die Frage des Umgetriebenen, Unbedingten. Nur ein Zauber ist diese andre Wirklichkeit, ein Licht, nach dem das Auge kaum greifen darf und das der Dichter darum, in der Scheu des Wissend-Unwissenden, nur einen Schein nennt: *ruhig scheint die goldne Welt.* Und beim ersten *thörigen* Wunsch verhüllt sich auch schon das Geheimnis. Sofort verändert sich die Rede ins Nüchterne. Ein herbes Selbstbekenntnis folgt:

dunkel wirds und einsam
Unter dem Himmel, wie immer, bin ich.

Die letzte Strophe dann verwebt eine souveräne Versöhnlichkeit mit einer stillen Resignation, die ihr das Dichte, Wirkliche gibt.

Charlotte von Kalb (1761—1843).
Gemälde von Friedrich August Tischbein

Der Ausblick auf das Verglühen ist nicht ohne das Salzkorn des Verzichts.

Eine eigenartig mythische Kraft in Hölderlins Wandererschicksal hat das Bild von seinem Abschied im Winter. Viermal wiederholt es sich, viermal verläßt Hölderlin seine Heimat im tiefen Winter (nur die zweite Reise nach Homburg, auf der er aber nicht allein zieht, sondern in Sinclairs Begleitung, geschieht im Sommer). So wie Hölderlin im Dezember 1796 nach Frankfurt reisen wird, wie er im Januar 1801 nach Hauptwil und im Januar 1802 auf einer *langen kalten Reise* nach Bordeaux wandern wird – so vollzieht sich seine erste Ausfahrt, auf einer *dumpfen Postwagenreise,* im Dezember 1793 über Nürnberg, Erlangen, Bamberg, Coburg nach Waltershausen bei Meiningen. Dort hatte ihm Schiller bei seiner Freundin Charlotte von Kalb eine Stelle vermittelt als Erzieher ihres zehnjährigen Sohnes Fritz. Diese Anstellung eröffnete die Reihe seiner mehr oder weniger glücklichen Versuche, sich als Hofmeister sein Brot zu verdienen.

Von den erzieherischen Problemen im Hause Kalb – die hier nicht im einzelnen erörtert werden können – unabhängig ist Hölderlins persönlicher Kontakt zu der um neun Jahre älteren Charlotte, einer, wie er schreibt, *seltnen, nach Umfang und Tiefe, und Feinheit und Gewandtheit ungewönlichen* Frau. Daß es sich um eine distanzierte Freundschaft handelte, geht aus allen Zeugnissen übereinstimmend hervor. Die rasche, schwärmerische Frau, unstet oft bis zum Flackernden, groß in der Leidenschaft und im Vergessenkönnen, heil- und unheilstiftend je nach der Gestimmtheit der weiblichen Intuition – eine «Titanide» nannte sie Jean Paul –, war Hölderlin gegenüber von einer wachen mütterlichen Treue. Mit sicheren Fühlern, auch Fühlern der Neugier, war sie das Wesen des Partners zu ertasten geübt. Ihre treffende, handfeste und nicht bürgerlich befangene Meinung über das, was Hölderlin not täte, spricht sie in einer Bitte an Schiller aus: «Ihre Güte für ihn kann viel thun. – Suchen Sie ihn leichte Arbeiten zu verschaffen, die auf eine schleunige art seinen Unterhalt erleichtern, und ihn von Sorgen befreien. – die wohl seine Praktische Philosophie vermehren würden. aber nicht die Ruhe seines Lebens. – Und ruhm selbstgenügsamkeit – u. stätigkeit werde doch endlich den Rastlosen! Es ist ein Rad welches schnell Läuft!» Das Bild von dem umgetriebnen Rad, das sich überdrehen könnte, hat etwas von einer prophetischen Sicht, die auf die Hellfühligkeit dieser Frau schließen läßt.

Gegen Ende des Jahres 1794 stellte sich mehr und mehr heraus, daß Hölderlin der pädagogischen Aufgabe im Hause Kalb – die sich hier mit einer therapeutischen verband – nicht gewachsen war. Nach *grausam fehlgeschlagenen Bemühungen* wurde Hölderlin schließlich im Januar 1795 von seinem Amt entlastet. Er betont, daß Charlotte *noch beim Abschiede ihren ganzen edlen Sinn, u. ihre, wie ich doch glauben muß, herzliche Freundschaft für mich* zeigte[45]. Hölderlin, der schon im November 1794 mit seinem Zögling nach Jena gezogen war, blieb nun dort, bis er Ende Mai in einer plötzlichen rätselhaften Hast aufbrach und nach Nürtingen heimkehrte.

Viel später berichtet er – aus Frankfurt – von einem Gerücht: *man sagt, ich habe einen Liebeshandel* mit Sophie Mereau *oder wer weiß mit wem? in Jena gehabt.* In einer fast alarmierenden Schärfe fährt er dann fort: *es sind so wenige, die noch Glauben an mich haben, und die harten Urtheile der Menschen werden wohl so lange mich herumtreiben, bis ich am Ende, wenigstens aus Deutschland, fort bin*[46].

(17)

Daß sich um eine Gestalt wie Hölderlin die Gerüchte ansetzen mußten wie die Pilze – und seien sie nur durch die auffallende äußere Schönheit des Jünglings hervorgerufen –, ist nur zu begreiflich. Seine abrupte Reaktion aber weist auf die existentielle Not des Fremdlings. Ein Gerücht war in der Lage, ihn von einem Ort zu vertreiben und erneut auf die Wanderschaft zu schicken.

Mit diesem Hinweis ist jedoch nur eine Komponente aufgezeigt aus dem Komplex der Gründe für Hölderlins Flucht aus Jena.

Über Hölderlins dichterische Arbeit in seiner Thüringer Zeit (das Herzstück ist das *Fragment von Hyperion*) ist im nächsten Kapitel die Rede. Hier sind Hölderlins Begegnungen mit den führenden Köpfen des deutschen Geisteslebens noch zu zeigen, die damals in einer einzigartigen Konzentration in Weimar und Jena zusammenlebten.

Von der Mühe des Wanderers, des immer Ungesicherten, in der Gegenwart *selbsttätiger mutiger Herzen* den eignen Mut zu bewahren und nicht von vornherein in die Resignation zu fliehen, berichtet eine scharfe Selbstbetrachtung:

Die Nähe der wahrhaft großen Geister, und auch die Nähe wahrhaft großer selbsttätiger mutiger Herzen schlägt mich nieder und erhebt mich wechselweise, ich mus mir heraushelfen aus Dämmerung u. Schlummer, halbentwikelte, halberstorbne Kräfte sanft und mit Gewalt weken und bilden, wenn ich nicht am Ende zu einer traurigen Resignation meine Zuflucht nehmen soll.

Hölderlins nachhaltigste Beziehung zu einem dieser großen Geister und Herzen ist die zu Schiller. Die ringsum bezwingende Macht dieses souveränen Geistes ist bekannt. Hölderlin erlebt die Kraftwirkung Schillers geradezu als eine *Sphäre*, an die er schicksalhaft gebunden ist. Wenn es eine Art archetypischer Sehnsucht im Menschen nach einer Meistergestalt gibt, dann muß Hölderlin diese Vorstellung auf Schiller übertragen haben:

... so kann ich es doch nicht über mich gewinnen, mich aus Furcht des Tadels von dem Manne zu entfernen, dessen einzigen Geist ich so tief fühle, und dessen Macht mir längst vieleicht den Muth genommen hätte, wenn es nicht eben so große Lust wäre, als es Schmerz ist, Sie zu kennen ... Deßwegen darf ich Ihnen wohl gestehen, daß ich zuweilen in geheimem Kampfe mit Ihrem Genius bin, um meine Freiheit gegen ihn zu retten, und daß die Furcht, von Ihnen durch und durch beherrscht zu werden, mich schon oft verhindert hat, mit Heiterkeit mich Ihnen zu nähern. Aber nie kann ich mich ganz aus Ihrer Sphäre entfernen; ich würde mir solch einen Abfall schwerlich vergeben.[47]

Mit diesen Worten wird nüchtern dargelegt, unter welchen inneren Bedingungen Hölderlin in dem halben Jahr in Jena seine äußeren Kontakte mit Schiller zu pflegen versuchte. *Schiller nimmt sich meiner so wahrhaft väterlich an*, berichtet er an seine Mutter, aber es folgt der Zusatz: *... daß ich dem großen Manne neulich selbst gestehen mußte, ich wüßte nicht, wie ichs verdiente, daß er so ser sich* *für mich interessire.* Das aus diesen Worten sprechende Gefühl der Unwürdigkeit treffen wir gerade im Umgang mit Schiller wieder und wieder: *Würdigen Sie mich zuweilen eines aufmerksamen Bliks!* bittet er ihn, oder: *Ich ... wollte durch allerhand Umwege ein paar freundliche Worte mir von Ihnen erbeuten.*[48]

Friedrich Immanuel Niethammer (1766–1848). Schattenriß aus dem Stammbuch von Georg Christoph Friedrich Rueff, 1789

Eine Partnerschaft also, die nicht durch die Potenzen der Partner, aber durch die Schicksalskonstellation ungleich sein mußte. Ein scharfes Urteil müßte sagen, Hölderlin hat die Begegnung mit Schiller nicht bestanden. Seine Bedrängnis vor der Überlegenheit Schillers war so groß, daß er nach einer Begegnung mit Schiller *den ganzen andern Tag zu keinem Gedanken kommen konnte.*[49] Die freiheitraubende Gewalt der Sphäre Schillers ist eine weitere Komponente für die Flucht Hölderlins aus Jena.

Seltsam überschattet von der Übermacht Schillers, mit dem Hölderlin *einzig im Innern und Äußern ... beschäftigt* ist, scheint auch die erste Begegnung mit Goethe. Hölderlin suchte Schiller auf, *ich trat hinein, wurde freundlich begrüßt, und bemerkte kaum im Hintergrunde einen Fremden, bei dem keine Miene, auch nachher lange kein Laut etwas besonders ahnden ließ. Schiller nannte mich ihm, nannt' ihn auch mir, aber ich verstand seinen Nahmen nicht. Kalt, fast one einen Blik auf ihn begrüßt ich ihn, und war einzig im Innern und Äußern mit Schillern beschäftigt; der Fremde sprach lange kein Wort. Schiller brachte die Thalia, wo ein Fragment von meinem Hyperion u. mein Gedicht an das Schiksaal gedrukt ist, u. gab es mir. Da Schiller sich einen Augenblik darauf entfernte, nahm der Fremde das Journal vom Tische, wo ich stand, blätterte neben mir in dem Fragmente, u. sprach kein Wort. Ich fült' es, daß ich über und über roth wurde ... Der Fremde lies ein paar Worte fallen, die gewichtig genug waren, um mich etwas ahnden zu lassen. Aber ich ahndete nichts. Der Mahler Majer aus Weimar kam auch noch. Der Fremde unterhielt sich über manches mit ihm. Aber ich ahndete nichts. Ich gieng, u. erfuhr an demselben Tage im Klubb der Professoren, was meinst Du? daß Goethe diesen Mittag bei Schiller gewesen sei.* Man muß diesen scheinbaren Zufall nur für einen Moment vor den Hintergrund der geistesgeschichtlichen Strömungen stellen, um sofort seine Bedeutsamkeit zu erblicken. Daß Goethe und Hölderlin nicht auf Anhieb zusammenstimmen, sondern im Gegenteil zunächst voreinander zurückweichen: das ist alles sehr leicht einzusehen.

Eine bewußte Begegnung mit Goethe kam bald darauf zustande; Hölderlin gedenkt ihrer dankbar: *Es ist der schönste Genuß unsers Lebens, so viel Menschlichkeit zu finden bei so viel Größe. – Ruhig, viel Majestät im Blike, u. auch Liebe, äußerst einfach im Gespräche ...*[50]

Beide, Goethe wie Schiller, waren durch die persönliche Begegnung mit der seltsamen, nicht einzuordnenden Gestalt Hölderlins («mit Ängstlichkeit offen», bemerkt Goethe, fast etwas ratlos, über ihn) einerseits und durch die Macht ihrer selbstgebauten, durchsichtig gefügten Welt andererseits wohl so befangen, daß ihnen ein freier Blick auf Hölderlin nicht gelang. Schiller ordnete ihn unter die gefährlich überspannten Subjektivisten, Goethe unter die Idylliker oder Lyriker im engern Sinne ein. (Wie genau Goethe an Hölderlin vorbeisah, zeigt etwa, daß er ihm zu «kleinen Gedichten» riet – was dem Atem Hölderlins zuinnerst widerspricht.) Die ganz andere, vertikale Dimension, die mit Hölderlin auftrat, blieb ihnen unheimlich.[51]

Fast möchten wir es bedauern, daß es mit Herder zu keinem innigern Kontakt kam. Zwar berichtet Hölderlin: *Ich kam zu Herdern, und die Herzlichkeit, womit mir der edle Man begegnete, machte auf mich einen unvergeßlichen Eindruk. Seine Darstellungsart verläugnet sich auch in seinem Gespräche nicht. Doch glaubt' ich auch eine Simplizität an ihm zu bemerken, und eine Leichtigkeit, die man im Verf. der Geschichte der Menschheit nicht vermuthen sollte, wie mich dünkt.*[52] Aber daß diese kurze Begegnung auf den Grund durchstieß, in dem beider tief verwandtes Denken lebte – das fromme, phantasievolle organismische Denken – ist kaum anzunehmen.

Die aufregendste Auseinandersetzung Hölderlins in Jena ist zweifellos die mit der Philosophie. Fichte, *die Seele von Jena,* ist in Hölderlins Leben der Exponent, oder Fels, an dem er die Philosophie zu bestehen hatte. Wollte man überscharf urteilen, so könnte man auch hier – vorwegnehmend – sagen, er hat diese Begegnung nicht bestanden. Aber auch hier, und hier eklatant, liegt die Wurzel der Fehlbegegnung im Ansatz, in der Voraussetzung.

Hölderlin wurde in die Jenenser Philosophenkreise vor allem durch seinen Tübinger Freund Immanuel Niethammer eingeführt, den er liebenswürdig als seinen *philosophischen Mentor* ansprach, mit dem ihn aber gewiß keine spontane Beziehung verband. *Niethammer betrug sich recht brav gegen mich,* berichtet er aus Jena. In einem Tagebuch Niethammers wird von einem denkwürdigen Sommerabend erzählt, an dem sich in seinem Hause Fichte, Hölderlin und (der damals dreiundzwanzigjährige) Novalis zusammenfanden. Die einzige greifbare Äußerung Niethammers gegen-

Johann Gottfried Herder (1744–1803). Gemälde von Anton Graff

über Hölderlin, von der wir wissen, ist sein *Rath, ich möge mich vor Abstractionen hüten.* Mit diesem trefflichen Satz ist in der Tat fast alles gesagt.[53]

Hölderlin hat später (Januar 1799) in einem zusammenfassenden Bekenntnis zum *süßen* Handwerk des Dichtens seine verzweifelte Anstrengung um die Philosophie als zwangvolle Fron, als *Soldatenleben* gekennzeichnet: *Ich wußte lange nicht, warum das Studium*

Jena. Aquarellierte Tuschzeichnung, um 1800

der Philosophie, das sonst den hartnäkigen Fleiß, den es erfordert, mit Ruhe belohnt, warum es mich, je uneingeschränkter ich mich ihm hingab, nur immer um so friedensloser und selbst leidenschaftlich machte; und ich erkläre mir es jetzt daraus, daß ich mich in höherm Grade, als es nöthig war, von meiner eigentümlichen Neigung entfernte, und mein Herz seufzte bei der unnatürlichen Arbeit, nach seinem lieben Geschäffte, wie die Schweizerhirten im Soldatenleben nach ihrem Thal und ihrer Heerde sich sehnen. Dieser Beteuerung folgen die wunderbaren Worte vom Dichten: ... *warum bin ich denn friedlich und gut, wie ein Kind, wenn ich ungestört mit süßer Muße diß unschuldigste aller Geschäffte treibe.* Das Bild vom Soldatenleben entspricht dem Bild, das Hölderlin von der Philosophie hat (Februar 1796): *Die Philosophie ist eine Tyrannin, und ich dulde ihren Zwang mehr, als daß ich mich ihm freiwillig unterwerfe.*

Der Gedanke drängt sich auf, daß Hölderlin zu dieser Formulierung, vielleicht unbewußt, unmittelbar angeregt ist durch die Begegnung mit dem Phänomen Fichte. Denn Fichte ist ja auf der gedanklichen Ebene geradezu der verkörperte Tyrann – nebenbei war er es bekanntlich auch auf der menschlichen. Geistesgeschichtlich betrachtet, stellt Fichte zweifellos den Gipfelpunkt des im wesentlichen mit Descartes eingeleiteten deduktiven Denkwegs dar, auf dem, von der Abstraktion ausgehend, die Wirklichkeit errechnet wird. (Der, bei aller Härte, seiner Anlage nach merkwürdig ins Kontemplativ-Sphärische geöffnete Hegel gehört nicht eigentlich in diese Linie herein.) – Das deduktive Denken bringt es mit sich, daß die vielschichtig zusammengewachsene (kon-krete) Wirklichkeit – in der sich Gedanke, Leib, Wille, Ahnung, Schicksal und vieles andre mischen –

zugeschnitten wird, bei Kant und Fichte letztlich auf eine ethische Forderung. Die gesamte Wirklichkeit ist in Fichtes Weltbild nur als Material einer zu bewältigenden ethischen Aufgabe wirklich. Sie ist daher also überhaupt nur vorhanden als zukünftig in Kraft tretende Antwort auf mein (nach sittlichen Grundsätzen gerichtetes) Handeln. Aus der Wirklichkeit ist damit ein bestimmter Aspekt herausgezogen (ab-strahiert): der, an dem ich durch meine Tat zu einer Bekräftigung meiner selbst komme.

Hier liegt die aristokratische, einsame Kühnheit dieser Philosophie – von ihr zeugt Hölderlins Begeisterung: *Einen Mann von solcher Tiefe und Energie des Geistes kenn' ich sonst nicht* (November 1794 aus Jena). Das will, in der unmittelbaren Nähe Schillers, etwas heißen.

Hier liegt aber auch die Tragik ihrer Begrenzung. Hölderlin hat das Gewalttätige ihres abstrahierenden Zugriffs sofort gesehen, seine Kritik aber nur sehr zögernd umschrieben: *Anfangs hatt' ich ihn ser im Verdacht des Dogmatismus; er scheint, wenn ich mutmaßen darf auch wirklich auf dem Scheidewege gestanden zu seyn, oder noch zu stehn* (Januar 1795 an Hegel). Das Wort Dogmatismus ist die schärfste aller möglichen Kritiken an einer kritischen Philosophie, sie trifft Fichtes erste Voraussetzung, die Setzung des alle Realität in sich enthaltenden Ich. (Fichte selbst verwahrt sich selbstverständlich gegen diesen Vorwurf, aber die Verwahrung geht erneut von derselben Voraussetzung aus.)

Zu einer strengeren gedanklichen Antwort auf Fichte kommt es aber erst viel später (Ende 1799), in dem fragmentarischen Essay über die Religion. Gegen die Vorstellung Fichtes, daß das Du jeweils

Johann Gottlieb Fichte (1762–1814).
Kohlezeichnung von Friedrich Bury, um 1800

nur existiert als die «Abzeichnung meiner Pflichten» (Medicus), setzt Hölderlin eine absolute Konzeption des Ich-Du-Verhältnisses, wie sie philosophiegeschichtlich einmalig ist (in ganz anderer Weise führt dann Sartre wieder das absolute «pour-autrui» in seine Philosophie ein). Hölderlins Konzeption ist, der Wahrheit seines Lebens gemäß, theokratisch:

Und jeder hätte demnach seinen eigenen Gott, in so ferne jeder seine eigene Sphäre hat, in der er wirkt und die er erfährt, und nur in so ferne mehrere Menschen eine gemeinschaftliche Sphäre haben, in der sie menschlich, d. h. über die Nothdurft erhaben wirken und leiden, nur in so ferne haben sie eine gemeinschaftliche Gottheit...

Weder aus sich selbst allein, noch einzig aus den Gegenständen, die ihn umgeben, kann der Mensch erfahren, daß mehr als Maschinengang, daß ein Geist, ein Gott ist in der Welt, aber wohl in einer lebendigeren, über die Nothdurft erhabnen Beziehung, in der er stehet mit dem, was ihn umgiebt.

Der Ort, wo der Geist erfahrbar wird, beginnt also an der Grenze des Einzelnen: wo diese Grenze sich öffnet zum Schicksal, zum Du, zum Ganzen, da geschieht die Erfahrung des Absoluten. Bei genauerem Zusehen unterscheidet sich diese Konzeption von der Fichteschen nur um eine Nuance. Die Begegnung mit dem Partner schenkt dem Menschen die Erfahrung seiner Wirklichkeit – dies gilt für Fichte ebenso wie für Hölderlin. Aber der Ansatz ist verschieden: Fichtes einziges Interesse ist darauf gerichtet, daß durch die Erfüllung des eigenen Kraftfeldes (der eigenen «Sphäre») der Mensch «sich macht»; die Erfüllung seiner Möglichkeiten erfährt er durch den Anstoß an die fremde Sphäre. Er «setzt sich» durch die Errichtung des «Gegensatzes» (Naturrecht). Hölderlins einziges Interesse ist darauf gerichtet, in der Begegnung mit dem schicksalhaften Du des Dritten teilhaft zu werden, des Absoluten, das *zwischen mir und Dir ist.* Das Denken Hölderlins bricht hier jäh ab und geht unmittelbar in die Anbetung über, während das Denken Fichtes planmäßig auf das Handeln abzielt.

Wir finden Hölderlins Konzeption in leibhaftiger Praxis in einem Brief an seinen Bruder (November 1798): *So müssen wir auch der Gottheit, die zwischen mir und Dir ist, doch wieder von Zeit zu Zeit das Opfer bringen; das leichte, reine, daß wir nemlich zu einander sprechen von ihr, daß wir das Ewige, was uns bindet, feiern.*

In einem späten Brief an Böhlendorff kehrt dieses Bild, stark umgewandelt und nach einer andern Seite vertieft, wieder: *Ich brauche Deine reinen Töne. Die Psyche unter Freunden, das Entstehen des Gedankens im Gespräch und Brief ist Künstlern nöthig. Sonst haben wir keinen für uns selbst; sondern er gehöret dem heiligen Bilde, das wir bilden.* Hier ist der ursprüngliche Gedanke gleichsam handwerklich geschärft: Die Erfahrung des Absoluten, das *zwischen mir und Dir ist,* wird aus der alltäglichen, allbekannten Praxis des Gesprächs hergeleitet. Mit dem Begriff *gemeinschaftliche Gottheit* deckt sich der hier gebrauchte *die Psyche unter Freunden* nicht – es ist also nur ein Aspekt aus der Totalerfahrung herausgegriffen. Die neue, umfassende Vertiefung liegt in dem Mythos von dem *heiligen Bilde, das wir bilden.* Wir sind also Mitbauende in der Werkstatt des göttlichen Meisters, Mitbindende in dem *Bündniß* der gestaltenden Mächte, Mitwebende an dem *Zeitbild, das der große Geist entfaltet (Friedensfeier),* und unsre Aufgabe ist der fromme Dienst im Gehorsam dem Schöpferischen gegenüber, das uns in der Konkretion (Verwobenheit) von Natur und Geist anwesend ist.

Damit ist – in groben Umrissen – die gedankliche Position Hölderlins im Raum des deutschen Idealismus charakterisiert. Zu dieser intellektuellen Abgrenzung tritt nun die wesenhafte.

Hölderlins Denken ist seiner Struktur nach ein gebundenes Denken. Während es das Anliegen der deduktiven Denkbemühung ist, in ein möglichst freies, absolutes Denken einzutreten (das allerdings, da es ohne Objekt kein Bewußtsein gibt, nie völlig erreichbar ist), sucht das Denken Hölderlins gar nicht den leeren Raum der Abstraktion. Es bleibt stets in gewollter Bindung an das schicksalhaft Konkrete, an das vielschichtige, vielgestaltige Werden des wirklichen Lebens. Es ist darum – im ständigen Lauschen auf die Prozesse des Lebens – niemals ein schließendes, sicherndes Denken, sondern «es ist dauernd im Entstehen begriffen» (Bertaux). Kein auf sich selbst gebautes Gedankengebäude wird erstrebt, sondern ein *immer bewegtes*, meditatives Durchdringen des immer neu rätselhaften Schicksals.

Diese Bescheidung – die gleichzeitig die Eröffnung des Horizonts der Frömmigkeit bedeutet – ist die Signatur des Wanderers, der es in keinem System aushält, sondern der unablässig den Pfaden des Lebens nachspüren muß.

Die Natur entfaltet die Konturen, an denen die Gedanken der Menschen sich üben sollen:

Denn lange schon steht offen
Wie Blätter zu lernen, oder Linien und Winkel
Die Natur (Griechenland)

Im wachen Gehorsam der lehrenden Natur gegenüber entwickelt Hölderlin seine eigene Akribie des Denkens, die darin besteht, daß jeder Gedanke auf seine Vollziehbarkeit in zeichenhafter Gestalt geprüft wird.

Hölderlin bemüht sich nicht, den Geist nach seinen Aspekten in Begriffe zu fassen, sondern er sieht seinen wirklichen Zauber:

Drum hab ich heute das Fest, und abendlich in der Stille
Blüht rings der Geist . . . (*Friedensfeier*, 1. Entwurf)

Er hört sein Wandeln:

Dann feiern das Brautfest Menschen und Götter,
Es feiern die Lebenden all,
Und ausgeglichen
Ist eine Weile das Schiksaal.
Und die Flüchtlinge suchen die Heerberg,
Und süßen Schlummer die Tapfern,
Die Liebenden aber
Sind, was sie waren, sie sind
Zu Hauße, wo die Blume sich freuet
Unschädlicher Gluth und die finsteren Bäume
Der Geist umsäuselt, aber die Unversöhnten

Sind umgewandelt und eilen
Die Hände sich ehe zu reichen,
Bevor das freundliche Licht
Hinuntergeht und die Nacht kommt. (Der Rhein)

Die lebendige Wirklichkeit des Geistes ist nicht in abstrakte Formeln zu fassen gesucht, sondern in der dichten, gebundenen Sprache der Wirklichkeit bezeugt, die Potenz der Hoffnung ist als leibhaftige Glut erfahren, der Friede als real schaubares Ereignis:

Leichtathmende Lüfte
Verkünden euch schon,
Euch kündet das rauchende Thal
Und der Boden, der vom Wetter noch dröhnet,
Doch Hoffnung röthet die Wangen,
Und vor der Thüre des Haußes
Sizt Mutter und Kind,
Und schauet den Frieden. (Friedensfeier)

Die oft beachtete Verwandtschaft Hölderlins mit dem Geist der Vorsokratiker hat in dem gemeinsamen mythisch-konkreten Denken ihre Wurzel. Wie für Heraklit die Geist-Energie wirklich ist im Blitz (κεραυνός), so ist für Hölderlin die Besinnung wirklich im schwebenden Äther, die Liebe aber im Veilchenblau des Grundes:

Lauter Besinnung aber oben lebt der Aether. Aber silbern
An reinen Tagen
Ist das Licht. Als Zeichen der Liebe
Veilchenblau die Erde. (Griechenland)

Stets handelt es sich bei den dichterisch vollzogenen Ereignissen um prägnante Setzungen, klar, konturiert, in der Tiefe der mythischen Proportionen verankert; nie um verschwommene Phantasien oder Experimente. Dies eben ist das Merkmal des Könners – wenn wir ihn in aller handwerklichen Schlichtheit so nennen dürfen: daß seine Setzungen «stimmen» und nicht nur eben einmal probiert sind.

Das Philosophische läßt sich – davon konnten die Zitate wohl zum größten Teil überzeugen – dieser Dichtkunst nicht absprechen. Das Philosophische ist als Substanz in ihr gebunden, weshalb es sich auch nicht leicht in abstrakte Begriffe auflösen läßt. Hölderlins Wort von der Philosophie als einer Tyrannin, deren Zwang er nur widerwillig zu dulden verurteilt sei, könnte von hier aus beinahe befremden. Philosophie fällt aber – darum wurde oben auf die naheliegende Assoziation Fichte hingewiesen – für Hölderlin, seinem äußeren Erfahrungskreis entsprechend, in der Tat zusammen mit der kritizistischen seiner Epoche. Von dem rein auf abstrahierende Meta-Physik gerichteten Denken seiner Zeit (von den *Luftgeistern, mit den metaphysischen Flügeln, die mich aus Jena geleiteten,* spricht Hölderlin) ist Hölderlins Denken durch eine so tiefe Kluft getrennt, daß er sich vom Schock dieser Erkenntnis wohl erst sehr langsam erholte – bis er sich dann bewußt wurde, wie sehr auch sein Denken ein strenges Denken ist. Zwar hat die wissende Stimme in ihm nie versagt (das zeigt allein die vorsichtige Kritik an Fichtes Dogmatismus), aber die entschiedne Freiheit zu dem eigenen Denken – das wir im reinen griechischen Sinn das Denken des Physikers nennen dürfen – mußte erst reifen. Ein geschlossenes System ist fürs erste immer dem zarten Spiel schwebender Energien überlegen. Hölderlin studierte den Palast der idealistischen *Abstractionen* mit tiefer Bewunderung – und blieb ihm doch fremd, so wie sich der Wanderer in der Stadt fremd fühlt, oder der *Schweizerhirt* in der Kaserne.

Als er das *Soldatenleben* nicht mehr ertrug, stahl er sich plötzlich, fast wie ein Dieb in der Nacht, aus Jena fort, in unbedingter Treue der geistigen Unruhe gegenüber, die ihn in keinem gefügten Raum genügsam werden ließ.

Aufs exakteste stellt sich in Hölderlins Leben dem Phänomen Fichte als Gegenpol das Phänomen Diotima gegenüber.

Hat sich Hölderlin an dem harten, klaren Rhythmus des Fichteschen Denkens in ernstester *Anstrengung* geübt, so öffnet er sich dem stilleren der Diotima mit seinem ganzen rückhaltlosen Leben und setzt sich als Schüler im umfassenden Sinn *zu Deinen Füßen* (an Diotima, Oktober 1799).

Niemals findet der Ungenügsame Ruhe in der Sicherheit eines Selbst-Seins. Aber er findet Ruhe im lernenden Aufblick:

Laß still uns seyn, o Sohn! und immer lernen.

Etwas sein ist nichts für den Unbedingten. Er dürstet nach dem immer neuen unendlichen Entstehen, das dem Lernenden zuteil wird.

... nicht, daß ich seyn sollt etwas, sondern
Zu lernen.

Diese Leidenschaft *zu lernen* im totalen, lebenumspannenden Sinn findet in Diotima für eine kurze Zeit die heilende Meisterin.

Denn göttlich stille ehren lernt' ich
Da Diotima den Sinn mir heilte.[54]

Die Begegnung mit Diotima war in Hölderlin seit langem vorbereitet. Und zwar auf der äußeren wie auf der inneren Ebene.

Auf der äußern war es die verschwiegene, *leise* Beziehung zu einer uns unbekannten Freundin in Stuttgart. Im Gegensatz zu dem *bisarren Verhältniß* mit Elise Lebret, das seine Kraft daraus bezog, daß Hölderlin sein *Ideal in sie übertrug* und das sich allzulang an der Oberfläche hinzog, bis es sich löste *(Wohl mir, wenn ein guter Gott mein Herz befreit!*[55]*)*, reichte diese andre, stille Freundschaft in die Schicht, in der Hölderlins Urbild von der Reinheit der Liebe aufbewahrt war. Es handelt sich um eine äußerlich vielleicht ganz flüchtige Beziehung. Nach der wohl ersten Begegnung schrieb Hölderlin an Neuffer (April 1792): *Ich benahm mich immer so linkisch. Wenn ich an die vergeßne Begleitung beim Abschied denke, möchte ich mir Eins vor die Stirne geben. Aber wie gesagt, mit meinen kindischen Hoffnungen bin ich fertig. Und so soll mich's nicht grämen, lachte sie auch überlaut über den kranken Poëten. Aber dazu ist Ihre Seele zu sanft und gut. Bei Gott! ich werde sie ewig ehren. Der Adel und die Stille in ihrem Wesen kontrastirt ziemlich zu den Geschöpfen hier u. anderswo, die überall bemerkt, und immer wizig sein, u. ewig nichts als lachen wollen.* Ein halbes Jahr später berichtet er ihm: *Du kannst Dir denken, daß es unter solchen Umständen mir schwer wird, so selten an das sanfte, schöne Wesen zu denken, als* *ich mir vornahm. Ich habe sie nur ganz leise um ihre Freundschaft gebeten. Weiter kan ich nichts wollen.*

In diesen Sätzen tauchen Worte auf, die eine Begegnung mit einer Frau zuvor nie aus Hölderlin hervorgerufen hatte. Es ist dabei zu bemerken, daß das klassische Ideal Winckelmanns: die «edle Einfalt und stille Größe» sicher eine formale Folie dazu beiträgt, daß aber die spezifisch Hölderlinsche Note durchaus schon anwesend ist. Das ist einerseits der Ernst: die Freundin *kontrastirt ... zu den Geschöpfen, die ewig nichts als lachen wollen.* Und es ist andrerseits der schwebende Charme, die Zartheit der Begegnung: *Ich habe sie nur ganz leise um ihre Freundschaft gebeten.*

Die weit größere Bedeutung hat das, was sich auf der inneren Ebene in Hölderlin auf Diotima hin vorbereitet. Die Wirklichkeit dieser Schicht manifestiert sich in überzeugender Reinheit in den Entwürfen zu dem Roman *Hyperion.* Das in Schillers «Neuer Thalia» veröffentlichte, im Sommer 1794 in Waltershausen entstandene *Fragment von Hyperion* soll uns hier besonders beschäftigen.

Härter und ungestümer als in dem spätern Romanwerk sind in dieser Fassung die Töne der Existenz angeschlagen. Tödlich ist der Ernst, der dem Fragment das innere Thema gibt (es steht am Schluß des Fragments):

Es muß heraus, das große Geheimniß, das mir das Leben giebt oder den Tod.

Das große Geheimniß – das Geheimnis des Seins schlechthin –

Frankfurt. Kolorierter Stich, 1824

ist es, dem die *durstende Seele* nachspürt, von einer flammenden Ungeduld getrieben, wie einer *verschleierten Geliebten.* Auf keinem ihrer Schritte vergißt die *durstende Seele* dies Geheimnis, nach dem sie unterwegs ist: *Oft konnte ich ingeheim von einem kleinen erkauften Besiztum, von einer Kahnfahrt, von einem Thale, das mir ein Berg verbarg, erwarten, was ich suchte.* Unablässig vor der *Pforte des Unsichtbaren* harrend, erfährt sie doch immer nur für Augenblicke, *als schlösse sich die Pforte ... mir auf und ich vergienge mit allem, was um mich ist, bis ein Rauschen im Gesträuche mich aufwekt aus dem seeligen Tode, und mich wider Willen zurückruft auf die Stelle, wovon ich ausgieng.*

Abrupt wie der Schluß ist der Beginn: die Frage nach der Wahrheit selbst.

Ich hasse sie, wie den Tod, alle die armseeligen Mitteldinge von Etwas und Nichts. Meine ganze Seele sträubt sich gegen das Wesenlose.

Was mir nicht Alles, und ewig Alles ist, ist mir Nichts.

Mein Bellarmin! wo finden wir das Eine, das uns Ruhe giebt, Ruhe? Wo tönt sie uns einmal wieder, die Melodie unsers Herzens in den seeligen Tagen der Kindheit?

Ach! einst sucht' ich sie in Verbrüderung mit Menschen. Es war mir, als sollte die Armuth unsers Wesens Reichtum werden, wenn nur ein Paar solcher Armen Ein Herz, Ein unzertrennbares Leben würden, als bestände der ganze Schmerz unsers Daseyns nur in der Trennung von dem, was zusammengehörte.

Der Adlerflychthof nördlich Frankfurt, die Sommerwohnung der Gontards. Zeichnung von A. Eymer

Mit Freud' und Wehmuth denk' ich daran, wie mein ganzes Wesen dahin trachtete, nur dahin, ein herzlich Lächeln zu erbeuten, wie ich mich hingab für einen Schatten von Liebe, wie ich mich wegwarf. Ach! wie oft glaubt' ich das Unnennbare zu finden, das mein, mein werden sollte, dafür, daß ich es wagte, mich selbst an das Geliebte zu verlieren! Wie oft glaubt ich den heiligen Tausch getroffen zu haben, und forderte nun, forderte, und da stand das arme Wesen, verlegen und betroffen, oft auch hämisch – es wollte ja nur Kurzweil, nichts so Ernstes!

Ich war ein blinder Knabe, lieber Bellarmin! Perlen wollt' ich kaufen von Bettlern, die ärmer waren, als ich, so arm, so begraben in ihr Elend, daß sie nicht wußten, wie arm sie waren, und sich recht wohl gefielen in den Lumpen, womit sie sich behangen hatten.

Aber die mannigfaltige Täuschung drükte mich unaussprechlich nieder.

Die Problematik der existentiellen Armut ist hier sehr lebendig greifbar. Die Armut ist eine Erfahrung, die Hölderlin zeitlebens begleitet hat (der Begriff *Armuth* selbst tritt nach der Begegnung mit Diotima in den Hintergrund).

Auf schwäbisch hat Hölderlin für diese Erfahrung ein drastisch heiteres Bild: *Ich bin überhaupt wie ein hohler Hafen, seit ich wieder hier bin, und da mag ich nicht gerne einen Ton von mir geben* (aus Nürtingen, Dezember 1795). Etwas feiner klingt das im Romanwerk: *... wer ereifert sich denn ... daß der hohle Topf so dumpf klingt, wenn ihn einer an die Wand wirft?* (I, 69).

Die negative Erklärung «Daseinsmangel» (Michel) – die für die psychische Ebene durchaus zutrifft – reicht allein nicht aus, dem Phänomen dieser geistigen Notwendigkeit nahezukommen. Das Leiden der Armut entspringt bei Hölderlin geradezu einer geistigen Begierde nach dem Leiden der Armut. *Was mir nicht Alles, und ewig Alles ist, ist mir Nichts.* Dieses unbedingte Maß legt Hölderlin an sein Leben und – was sehr zu beachten ist! – an seine Lebenspartner. Wo er daran nur *Etwas* findet, hat er *Nichts.*

In den freien, geöffneten Raum dieser Armut tritt *Melite* (das ist hier der Name für die Gestalt, die später *Diotima* heißen wird). Die geheime Schülerhaltung Hyperions ist an vielen einzelnen Zügen erkennbar, zum wörtlichen Ausdruck kommt sie in dem Begriff: *Priesterin.*

Ein Rauschen aus einem Seitengange störte mich auf. –

Ach! mir – in diesem schmerzlichen Gefühl meiner Einsamkeit, mit diesem freudeleeren blutenden Herzen – erschien mir Sie; hold und heilig, wie eine Priesterin der Liebe stand sie da vor mir; wie

Der Weiße Hirsch in Frankfurt. Links neben der Toreinfahrt die Wohnung der Gontards. Rekonstruierende Zeichnung von Carl Theodor Reiffenstein

aus Licht und Duft gewebt, so geistig und zart; über dem Lächeln voll Ruh' und himmlischer Güte thronte mit eines Gottes Majestät ihr großes begeistertes Auge, und, wie Wölkchen ums Morgenlicht, wallten im Frühlingswinde die goldnen Loken um ihre Stirne.

Mein Bellarmin! könnt' ich dir's mitteilen, ganz und lebendig, das Unaussprechliche, das damals vorgieng in mir! — Wo waren nun die Leiden meines Lebens, seine Nacht und Armuth? die ganze dürftige Sterblichkeit?

Gewiß, er ist das höchste und seeligste, was die unerschöpfliche Natur in sich faßt, ein solcher Augenblick der Befreiung! Er wiegt Aeonen unsers Pflanzenlebens auf! Todt war mein irdisches Leben, die Zeit war nicht mehr, und entfesselt und auferstanden fühlte mein Geist seine Verwandtschaft und seinen Ursprung.

Es handelt sich durchaus um eine mythische Erscheinung — *erschien mir Sie,* heißt es ja auch. Die einzelnen Embleme dieser Erscheinung: *aus Licht und Duft gewebt* — *himmlische Güte* — *Gottes Majestät* — *thronte* ihr *Auge* — *die goldnen Loken* — dies alles sind die Züge einer Märchenkönigin. Aus dem verwunschenen Vorrat der Urbilder taucht diese Gestalt auf und zaubert die Erlösung, den märchenhaften *Augenblik der Befreiung.* Der schicksalhafte Ablauf der Zeit steht still, die Macht der Ewigkeit tritt in ihre Rechte: *die Zeit war nicht mehr.* Aus den Tiefen des Gemüts steigt die Ahnung um die objektiven Bindungen des Daseins: auf einmal *fühlte mein Geist seine Verwandtschaft und seinen Ursprung.*

Melite im *Fragment von Hyperion* ist viel weniger ein Mensch als eine Macht.

Ich erschrak, wie sie nun vor mir stand, so ganz anders, als in mir es aussah, so ruhig und seelig, in der Allgenügsamkeit einer Himmlischen. Ich war verwirrt und sprachlos. Mein Geist war mir entflohen.

Ich glaube nicht, daß sie es ganz bemerkte, wie sie überhaupt bei all' ihrer himmlischen Güte nicht sehr genau darauf zu achten schien, was um sie vorgieng.

Ist der staunende Aufblick Hyperions schon hier deutlich der eines Lernenden, so wird diese Haltung des Lernenden konkret gefordert und herausgearbeitet in den folgenden Begegnungen mit Melite. Das priesterliche Wirken der Melite liegt also nicht nur in der unmittelbar verwandelnden Übermacht ihrer Erscheinung selbst, sondern darüber hinaus in ihren unterweisenden Worten. Sie betrachtet es als ihre meisterliche Aufgabe, über sich hinauszuweisen auf die heilende Macht der göttlichen Natur:

Ich habe manchmal gedacht, fuhr sie fort, woher es wohl kommen möchte, daß du so sonderbar bist. Es ist so ein schmerzlich Räthsel, daß ein Geist, wie der deinige, von solchen Leiden gedrükt werden soll. Es war gewiß eine Zeit, wo er frei war von dieser Unruhe. Ist sie dir nicht mehr gegenwärtig? Könnt ich sie dir zurükbringen, diese stille Feier, diese heilige Ruhe im Innern, wo auch der leiseste Laut vernehmbar ist, der aus der Tiefe des Geistes kömmt,

Susette Gontard. Miniatur von Margaretha Elisabeth Sömmering, geb. Grunelius, der Freundin von Susette

und die leiseste Berührung von außen, vom Himmel her, und aus den Zweigen, und Blumen – ich kann es nicht aussprechen, wie mir oft ward, wenn ich so dastand vor der göttlichen Natur, und alles Irrdische in mir verstummte – da ist er uns so nahe, der Unsichtbare!

Der entscheidende «Lehrsatz» ist dann dieser:

Sage deinem Herzen, daß man vergebens den Frieden außer sich suche, wenn man ihn nicht sich selbst giebt.

Damit ist sehr genau die schicksalhafte Schranke gewiesen, an der sich der Lernende unausweichlich immer wieder vorfinden wird. Die *aus Licht und Duft gewebte* Erfüllung eines *Augenbliks* kann erwekken, aber sie kann ihre Erfüllung nicht übertragen. Das *Fragment von Hyperion* leitet darum am Ende über in den großartigen, durch die Priesterin der Liebe eröffneten Aspekt der absoluten Liebe, in der die heilende Kraft liegt:

Aber mein Herz schlug noch zu jugendlich: sie war noch nicht in mir gestorben, die Mutter alles Lebens, die unbegreifliche Liebe.

Ein räthselhaft Verlangen zog mich fort. Ich gieng hinaus.

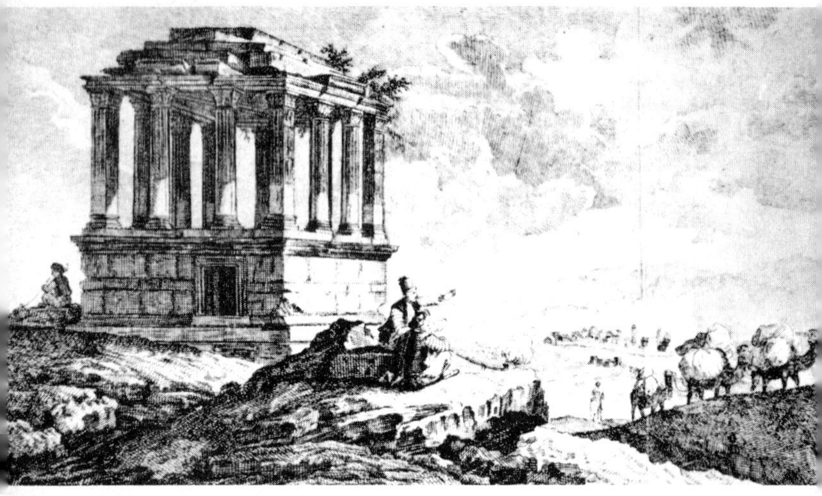

Stich aus einem der Bücher über Griechenland, die Hölderlin während seiner Arbeit am Hyperion *nachweislich zur Hand hatte: Reise des Grafen [Marie Gabriel Florents Auguste Comte de] Choiseul-Gouffier durch Griechenland. Aus dem Französischen übersetzt [von Heinrich August Ottokar Reichard]. Gotha, 1780. – Dies ist wohl eins der wenigen Bilder von Griechenland, die Hölderlin sah.*

Es war ein stiller Herbsttag. Wunderbar erfreute mich die sanfte Luft, wie sie die welken Blätter schonte, daß sie noch eine Weile am mütterlichen Stamme blieben.

Ein Kreis von Platanen, wo man über das felsige Gestade weg ins Meer hinaussah, war mir immer heilig gewesen.

Dort saß ich und gieng umher.

Es war schon Abend geworden, und kein Laut regte sich ringsumher.

Da ward ich, was ich jetzt bin. Aus dem Innern des Hains schien es mich zu mahnen, aus den Tiefen der Erde und des Meers mir zuzurufen, warum liebst du nicht mich?

Von nun an konnt' ich nichts mehr denken, was ich zuvor dachte, die Welt war mir heiliger geworden, aber geheimnisvoller. Neue Gedanken, die mein Innerstes erschütterten, flammten mir durch die Seele. Es war mir unmöglich, sie festzuhalten, ruhig fortzusinnen.

Ich verlies mein Vaterland, um jenseits des Meeres Wahrheit zu finden ...

Wir sind nichts; was wir suchen, ist alles.

Dieser Entwurf ist geschrieben rund eineinhalb Jahre, bevor Hölderlin in Frankfurt seine Diotima kennenlernte. Der Entwurf mißt in großen Schritten entscheidende Räume dessen aus, was später in differenzierter Fülle zur leibhaftigen Erfahrung Hölderlins wird. Manche wesentlichen Züge dieser Gestalt werden sich an der Begegnung mit Diotima korrigieren, die meisten werden sich vertiefen und runden.

Man hat überlegt, ob es sich hier um eine Art künstlerisch-genialer Vorwegnahme der späteren «wirklichen» Diotima handle, oder ob die Melite des Fragments durch die erwähnte unbekannte Freundin angeregt sei. Vielleicht ist es wichtiger, an die im ursprünglichen Sinn poietische Fähigkeit eines Dichters zu glauben, an die Fähigkeit, eine Gestalt unmittelbar zu erblicken und zu dichten aus der zeitlosen Substanz der Urerinnerung.

Wenn sich die Züge dieser *wie aus Licht und Duft gewebten, geistigen* Gestalt dann schärfen und verwirklichen und sie – die innen ebenso wie außen ja längst da war – schicksalhaft in Erscheinung tritt (und wenn vorweg schon das Auge des Dichters diese Gestalt in einer andern Erscheinung *leise* streifen konnte) –, wenn also die für eine ganz bestimmte Schwingung geöffnete Antenne den sichtbaren Träger einer solchen Schwingung findet, gleichsam schlafwandlerisch und doch in höchster inwendiger Wachheit: so ist dies nur das Kennzeichen für die Präzision des Poietischen, der empfangenden und gestalterischen Intensität. Die Gesetze dieser Intensität sind viel stärker als die dünnen, rational hochgezogenen Wände zwischen äußerer und innerer Wirklichkeit.

Den Namen *Diotima* erhielt diese geistige Gestalt dann in der Jenaer Fassung *(Hyperions Jugend)*. Der Name ist von Platons Symposion angeregt, wo es vor allem Diotimas Stimme ist, die den Gedanken der Liebe entwickelt: die *Priesterin der Liebe* also. Ein Jahr

Wilhelm Heinse (1746—1803).
Gemälde von Johann Friedrich Eich

später begegnete Hölderlin der Susette Gontard und erkannte in ihr Diotima.

Susanna Gontard, geborene Borckenstein (Susette) war die Frau des Frankfurter Bankiers Jakob Friedrich Gontard (Cobus), eines brillanten Geschäftsmanns, der es aus gemäßigt-wohlhabenden Anfängen im Laufe seines Lebens zum Millionär brachte. Der Lebensstil des Hauses war nicht von innen, sondern von außen her geprägt: die bürgerliche Stellung und das Geschäftsinteresse brachten eine Flut gesellschaftlicher Pflicht-*Zerstreuungen* mit sich. Das *ganze Jahr haben wir fast beständig Besuche, Feste und Gott weiß! was alles gehabt*. Der Stil dieser Festlichkeiten war durch die Gäste festgelegt *— lauter ungeheure Karikaturen. Bei den meisten wirkt ihr Reichtum, wie bei Bauern neuer Wein; denn gerad so läppisch, schwindlich, grob und übermüthig sind sie. Aber das ist auch gewisserma-*

ßen gut; man lernt schweigen unter solchen Menschen, und das ist nicht wenig.[56] Der Bankier, der – wie er sagte – etwas vom Geschäft, aber nichts vom Kindererziehen verstand, nahm im Januar 1796 Friedrich Hölderlin in seine Dienste (die Vermittlung wurde durch den Hausarzt Johann Gottfried Ebel besorgt, von dem unten noch kurz zu sprechen sein wird). Daß es sich dabei im Gesichtswinkel des Bankiers um einen recht untergeordneten Posten handelte, sollte sich bald herausstellen: zwar soll der Hofmeister *der Schiklichkeit wegen* bei allen *mannigfaltigen Zerstreuungen* dabeisein, ist aber doch *überall das fünfte Rad am Wagen* und bekommt am Ende, unter andern *Herabwürdigungen,* zu hören, *daß die Hofmeister auch Bedienten wären,* die *nichts besonders für sich fordern könnten, weil man sie für das bezahlte, was sie thäten.*[57] Der stolze Hölderlin hätte das Bedienten- und Bezahlten-Schicksal im Hause Gontard gewiß nicht lange erduldet, wäre die dritte Macht im Spannungsfeld nicht dagewesen: Susette. Es sei versucht, einige Linien ihres Porträts anzudeuten.

«Dame Gontard mit dem reinen, schönen Tizianischen Teint» – so spricht Wilhelm Heinse, der Freund des Hauses, von ihr. Auf der winzigen Miniatur (Bild Seite 99) hat dieser Teint ein zauberhaftes Leben. Über das feine, fast verwehend zarte Gesicht mit den leuchtend blauen Augen spielt das kastanienfarbne aufgelöste Haar. Zur Komposition des Bildes gehört, daß über dem samtblauen Kleid ein durchsichtiger Schleier schimmert, der Hintergrund ist ein smaragdnes Grün, vor dem das rötlich-lichte Haupt machtvoll in Erscheinung tritt. Das Bild stammt von Susettes engster Freundin, Margaretha Elisabeth Sömmering, geb. Grunelius, von der wir eine weitere, etwas größere Miniatur in genau denselben Farben mit der Bezeichnung: «Susette Gontard, geb. Borkenstein» haben (die Echtheit des hier wiedergegebnen Porträts ist mit Sicherheit anzunehmen; Samuel Thomas Sömmering selbst deutet es auf Susette). Das Original hat eine eigenartig ergreifende Magie. Die Reinheit und Schönheit ist mit einer fast jenseitigen, fast verklärten Leidenschaftlichkeit verbunden.

«Sanftmuth, Güte, richtiger Verstand, und die über ihre ganze Person verbreitete Grazie bezaubern, aber lassen sich nicht beschreiben. – In Gesellschafft besizt sie in hohem Grade jenen einfachen aber feinen Ton, der die Vereinigung eines gebildeten Geistes und eines ruhigen Herzens anzeigt; – in ihrem häuslichen Cirkel, mitten unter ihren Kindern, an ihrem Clavier ist sie vergnügter als in großen Gesellschaften, denen sie immer auszuweichen sucht... Pflicht und Menschenliebe und Verlaügnung und Aufopferung alles lernt mann bey ihr; ich läütre mich in Ihrem Umgange» – so bekennt der junge Berner Bankiersohn Ludwig Zeerleder bei einem Besuch in Frankfurt 1793. Zu der «über ihre ganze Person verbreiteten Grazie» gehört ihre Musikalität. Sie spricht aus ihren Briefen lebendig genug: «Schlaf sanft, und süß, mein Bild umschwebe Dich!» – endet einer ihrer Briefe an Hölderlin; ein andrer: «O! gütge Natur! lehre mich vertraun, und stille dieses Herz!» Zeerleder erzählt von ihrem Klavierspiel, sie selbst von ihrem Lied: «... Meine lange dem Gesange verschloßnen Lippen lispelten unwillkührlich ihre alten Lieblingslieder wieder, und es hatte lange schon gedauret, bis ich es lächelnd bemerkte.» Dieses Lied ist es, das Hölderlin dann im *Hyperion* dichtet:

Nur, wenn sie sang, erkannte man die liebende Schweigende, die so ungern sich zur Sprache verstand.

Da, da gieng erst die himmlische Ungefällige in ihrer Majestät und Lieblichkeit hervor; da weht' es oft so bittend und so schmeichelnd, oft, wie ein Göttergebot, von den zarten blühenden Lippen. Und wie das Herz sich regt' in dieser göttlichen Stimme, wie alle Größe und Demuth, alle Lust und alle Trauer des Lebens verschönert im Adel dieser Töne erschien!

... Es kam nicht Lust und nicht Bewunderung, es kam der Friede des Himmels unter uns.

Tausendmal hab' ich es ihr und mir gesagt: das Schönste ist auch das Heiligste. Und so war alles an ihr. Wie ihr Gesang, so auch ihr Leben (I, 99).

Zu dieser Grazie – im ursprünglichen Sinn – gehört aber auch die Zärtlichkeit für das Gemüt des andern. An die jüngere Freundin Marie Rüdt von Collenburg schreibt sie: «Sollte liebe Marie, eine innere Melancolie die sich leicht in solchen Umständen einschleicht, sie zur Mittheilung auffordern, verschließen sie sich nicht, gehen sie nicht an mir vorbey ... glauben sie mir nur darinn daß es besser ist durch Mittheilung das Gemüth zu erleichtern als immer nur auf sich allein zu beruhen, und daß ich gerne alles aufbieten werde um ihnen behülflich zu seyn.»

Hier ist, wie wir bemerken, eine der Stellen, wo sich Hölderlins geistiges Bild an der Wirklichkeit korrigiert – Melites *Allgenügsamkeit* drückte sich ja auch darin aus, daß sie *nicht sehr darauf zu achten schien, was um sie vorgieng.* Die Natur aber ist anders, erkannte Hölderlin und wurde vor ihr zu ihrem Schüler:

... es giebt ein Wesen auf der Welt, woran mein Geist Jahrtausende verweilen kann und wird, und dann noch sehn, wie schülerhaft all unser Denken und Verstehn vor der Natur sich gegenüber findet. Lieblichkeit und Hoheit, und Ruh und Leben, u. Geist und Gemüth und Gestalt ist Ein seeliges Eins in diesem Wesen. Du kannst mir glauben, auf mein Wort, daß selten so etwas geahndet, und schwerlich wieder gefunden wird in dieser Welt. Du weist ja, wie ich war, wie mir gewöhnliches entlaidet war, weist ja, wie ich ohne Glauben lebte, wie ich so karg geworden war mit meinem Herzen, und darum so elend; konnt' ich werden, wie ich jezt bin, froh, wie ein Adler, wenn mir nicht diß, diß Eine erschienen wäre, und mir das Leben, das mir nichts mehr werth war, verjüngt, gestärkt, erheitert, verherrlicht hätte, mit seinem Frühlingslichte? Ich habe Augenblike, wo all' meine alten Sorgen mir so durchaus thöricht scheinen, so unbegreiflich, wie den Kindern.

Samuel Thomas Sömmering (1755–1830)

Das Wort *verweilen* – dem Wanderer, dem Umgetriebenen fremd – rückt hier vor den andern, den Hintergrund des Lernens. Denn nicht das behagliche Ausruhen beim Weibe ist es, was hier erfahren wird, sondern die ernste, lautere Betrachtung. Allem Alltäglichen enthoben in die Sphäre strenger Festlichkeit ist diese Begegnung:

Vielleicht gelingt mirs hie und da, einen Theil ihres Wesens in einem glücklichen Zuge zu bezeichnen ... Aber es muß eine festliche durchaus ungestörte Stunde seyn, wenn ich von ihr schreiben soll (Juli 1796).

Eh' es eines von uns beeden wußte, gehörten wir uns an. Dieses Gesetz, das Hölderlin nun im *Hyperion*-Roman (I, 109) – nachdem er Susette kennengelernt – in dieser Schärfe aufstellen konnte, war in dem Schicksal der beiden greifbar am Werk. Hölderlin war Susette, als er ihr Haus betrat, bekannt: ihr junger Berner Freund Zeerleder hatte ihr das in der «Thalia» erschienene *Fragment von Hyperion* abgeschrieben und geschenkt, ein Jahr bevor sie Hölderlin zum erstenmal sah. Dieses Phänomen mag mehr als einen «Zufall» bezeichnen. Für Hölderlins Seite sprechen die Worte aus diesem *Frag-*

Johann Gottfried Ebel
(1764—1830)

ment von Hyperion genug: Ich werde sie wiederfinden, in irgendeiner Periode des ewigen Daseyns.

«Ich läütre mich in Ihrem Umgange» — hatte eben dieser Zeerleder von sich bekannt. Wie umfassend die Strahlkraft ihrer Persönlichkeit auf den aufgebrochenen Hölderlin umwandelnd wirkte, ließ sich aus den wenigen zitierten Zeugnissen schon erraten. Dies in den Einzelheiten nachzurechnen, ist unmöglich — einzelne Räume lassen sich umschreiben, Schwerpunkte erwägen. Wichtiger ist, was Hölderlin in der Nähe Diotimas wurde: ein Lauschender, Lernender. Still und kräftig spricht davon die schon aus der Zeit der Trennung stammende folgende Ode:

Geh unter, schöne Sonne, sie achteten
Nur wenig dein, sie kannten dich, Heilge, nicht,
Denn mühelos und stille bist du
Über den mühsamen aufgegangen.

Mir gehst du freundlich unter und auf, o Licht!
Und wohl erkennt mein Auge dich, herrliches!
Denn göttliche stille ehren lernt' ich
Da Diotima den Sinn mir heilte.

O du des Himmels Botin! wie lauscht ich dir!
Dir, Diotima! Liebe! wie sah von dir
Zum goldnen Tage dieses Auge
Glänzend und dankend empor. Da rauschten

Lebendiger die Quellen, es athmeten
Der dunkeln Erde Blüthen mich liebend an,
Und lächelnd über Silberwolken
Neigte sich seegnend herab der Aether.

Die Reinheit der Liebe läßt sich an der Substanz des Lauschens ermessen, das zwischen den Liebenden liegt. Der bauende Charakter der Liebe drückt sich in der Dynamik der sich entfaltenden Frömmigkeit aus. In der Liebe ist *das Göttliche* selbst Faktum, Eigenschaft geworden.

Ist nicht heilig mein Herz, schöneren Lebens voll,
Seit ich liebe? warum achtetet ihr mich mehr,
Da ich stolzer und wilder,
Wortereicher und leerer war?

Ach! der Menge gefällt, was auf den Marktplatz taugt,
Und es ehret der Knecht nur den Gewaltsamen;
An das Göttliche glauben
Die allein, die es selber sind. *(Menschenbeifall)*

Natürlich konnte Susette Gontard in Hölderlin nur die Kräfte erlösen, die längst verborgen in ihm waren. Sich selbst entfremdet durch das *Soldatenleben* auf der Ebene der *Abstractionen,* kehrte er bei Diotima zu sich selbst zurück. Dies ihr Wirken geschah keineswegs nur durch ihre Erscheinung, ohne ihr Zutun. Sie lebte bewußt genug, um ihre objektiv rettende Bedeutung für Hölderlin genau zu kennen: Jena war der Ort, «woher Du mit zerrißnen Gefühlen in meine Arme Dich gerettet». Bei ihr kam Hölderlin wieder zu einem eigentlichen Leben:

In meinen Armen lebte der Jüngling auf

– spricht Diotima, aus Hölderlins Feder *(Wenn aus der Ferne, da wir geschieden sind ...).*

Die Unterweisung Diotimas und das Lernen Hölderlins geschehen ohne jeden Umweg, ohne jede Anstrengung. Denn ihr Wissen hat sie von seinem Herzen. Darin liegt ihre mühelose Macht, daß sie nur seine Innerlichkeit erlauscht und erlöst – *wenn sie die Ebb' und Fluth des Herzens mir behorcht'.* Ihr einziges «Handeln» besteht darin, ihm die Zweifel an seinem Herzen zu nehmen: *Stille, rief sie ... und scherze über dein Schiksaal, über dein Herz nicht! denn ich versteh' es und besser, als du.* Das Herz eines Menschen ist ja sein Schicksal selbst.

Im Umgang mit dieser Sphäre lernt Hölderlin die Sicherheit im Vollzug der eigenen Wahrheit. Diese Wahrheit ist das Wissen um den Ort, in dem Urbeginn und Zeit sich verknüpfen, und der jenseits alles Gedachten ist: *Was ist alles, was in Jahrtausenden die Menschen thaten und dachten, gegen Einen Augenblik der Liebe? ... dahin führen alle Stuffen auf der Schwelle des Lebens. Daher kommen wir, dahin gehen wir.* (Und sehr scharf unterscheidet Hölderlin davon das, was üblich unter Liebe verstanden wird: *Den Hunger nennt ihr Liebe.*)

Diese Wahrheit ist auch das Wissen um die göttliche Mission des

Leidens. Da er sich seinem Schicksal, dem Herzen rückhaltlos aussetzt, lernt er, daß *göttlich erst im tiefen Laid das Lebenslied der Welt uns tönt.* Und diese Wahrheit ist das unbedingte Wissen um die Macht des Lebens – und hier formt er Sätze, die fast wörtlich mit der 3000jährigen indischen Weisheit der Bhagavadgita zusammenstimmen: *Was lebt, ist unvertilgbar, bleibt in seiner tiefsten Knechtsform frei, bleibt Eins und wenn du es scheidest bis auf den Grund, bleibt unverwundet und wenn du bis ins Mark es zerschlägst und sein Wesen entfliegt dir siegend unter den Händen.*[58]

Damit ist der existentielle Ansatz bezeichnet, aus dem der Roman *Hyperion* gedichtet ist (die soeben zitierten Stellen stammen daraus). Der thematische Spannungsbogen des Romans konnte weiter oben mit einigen Zitaten aus dem *Fragment von Hyperion* umrissen werden. Die Fülle und Differenziertheit des Buchs läßt sich hier unmöglich im einzelnen darlegen. Das *Werkchen,* wie Hölderlin in nicht zu überbietender Bescheidenheit sagt, erschien in zwei Bänden 1797 und 1799 bei Cotta, was Hölderlin den – auch nach damaligen Begriffen – Kinderlohn von 100 Gulden einbrachte.

Der Gang des Schicksals mit Susette Gontard sei nun kurz skizziert; zugleich sei einiger Persönlichkeiten gedacht, die nahe zu ihr und damit auch zu Hölderlin gehörten.

Zur ersten freien Entfaltung der Beziehung kam es auf der Reise nach Driburg (Juli bis September 1796), deren Anlaß die Flucht vor den Franzosen war, aus der sich für die Flüchtenden aber *wahrhaft glükliche Tage* und *goldne Spaziergänge* entwickelten. Mit Hölderlin, Susette und ihren Kindern reiste Wilhelm Heinse, ein naher Freund der Häuser Gontard und Sömmering und ein nobler, tiefer Verehrer der Susette. Von der Verbundenheit mit ihr berichtet uns die Tatsache, daß er fünf Tage nach ihrem Tode einen Schlaganfall erlitt, der ihm die rechte Körperhälfte lähmte; so hatte ihn die Nachricht erschüttert. Über den damals Fünfzigjährigen sagt Hölderlin: *... ein herrlicher alter Mann. Ich habe noch nie so eine gränzenlose Geistesbildung bei so viel Kindereinfalt gefunden* (Februar 1797).

Heinse, in dem die Vereinigung von *Geistesbildung* und *Kindereinfalt* eine erarbeitete, gereifte war, hatte in den Jahren vor der Begegnung mit Hölderlin seiner plastisch-sinnenhaften Weltsicht eine neue Einsicht hinzugefügt: «Der Tonkünstler ist der eigentliche Zauberer; er stellt die Geister dar, wie sie leben» – konnte er nun sagen. Hier gab es also eine besondre Weise der Verständigung mit dem musikalischen Paar Hölderlin und Diotima – ebenso wie auf der Ebene des mythischen Spürens, daß alles Leben mit dem Fließenden verwoben ist («das Leben ist etwas Flüssiges», heißt es bei Heinse[59]). Hier waren Heinse und Hölderlin wiederum einig mit einem dritten Freund des Hauses Gontard, dem bedeutenden Arzt Sömmering. Dieser verfaßte im selben Jahr eine anatomisch spekulative Schrift «Über das Organ der Seele» und sprach darin den Gedanken aus, daß die Seele, sofern sie an einem körperlichen Zen-

Jakob Friedrich Gontard (1764–1843). Jugendbildnis (Miniatur)

tralpunkt verankert sei, nicht in einem starren Teil, sondern in einer lebendigen Flüssigkeit wohnen müsse und sprach das um die Zirbeldrüse spielende Hirnwasser als den Sitz der Seele an. Hölderlin huldigte dem Arzt, der sich *zur Zinne* des Körpers wagte, in zwei Epigrammen. Sömmerings Frau Margaretha – er nannte sie «die Perle von Frankfurt» – war, wie oben bemerkt, aufs engste mit Susette befreundet.

An einem weitern Punkt traf sich Heinses Einfluß auf Hölderlin gewiß spontan mit dem der Diotima: Heinse, im «Ardinghello» noch heftiger Revolutionär, hatte sich inzwischen von den Revolutionären sehr entschieden abgewandt und tat das im Namen der Mächte des Lebens.[60] Auf die Begegnung mit Heinse insbesondere ist es wohl zurückzuführen, daß Hölderlin im Oktober 1796 dem revolutionsbegeisterten zwanzigjährigen Bruder schreibt: *Du wirst mich weniger im revolutionären Zustand finden, wenn Du mich wieder siehst ... Ich bin seit einiger Zeit sehr stille über das, was unter uns vorgeht.*

Kurz nachdem Hölderlin dies geschrieben hatte, erhielt er – als sei es zur Bestätigung – einen Brief des wiederum mit dem Hause befreundeten Arztes Ebel (der ihm die Stelle vermittelt hatte), einen «sehr kläglichen Brief von Paris, er sei äußerst unzufrieden und in allen seinen Erwartungen betrogen worden, und würklich zu bedauern». Großartig ist Hölderlins Antwort an den Bedauernswürdigen und überzeugt nicht nur durch die Energie seiner gesammelten Frömmigkeit, sondern auch durch die Vollmacht des Gemüts, das in der «Schule» Diotimas zu sich kam:

Es ist herrlich, lieber Ebel! so getäuscht und so gekränkt zu seyn, wie Sie es sind. Es ist nicht Jedermanns Sache, für Wahrheit und Gerechtigkeit sich so zu interessiren, daß man auch da sie siehet, wo sie nicht ist, und wenn der beobachtende Verstand vom Herzen so bestochen wird, so darf man wohl sich sagen, daß das Herz zu edel sei

Der Abschied. Entwurf der Strophen 7 bis 9. – Sommer 1800

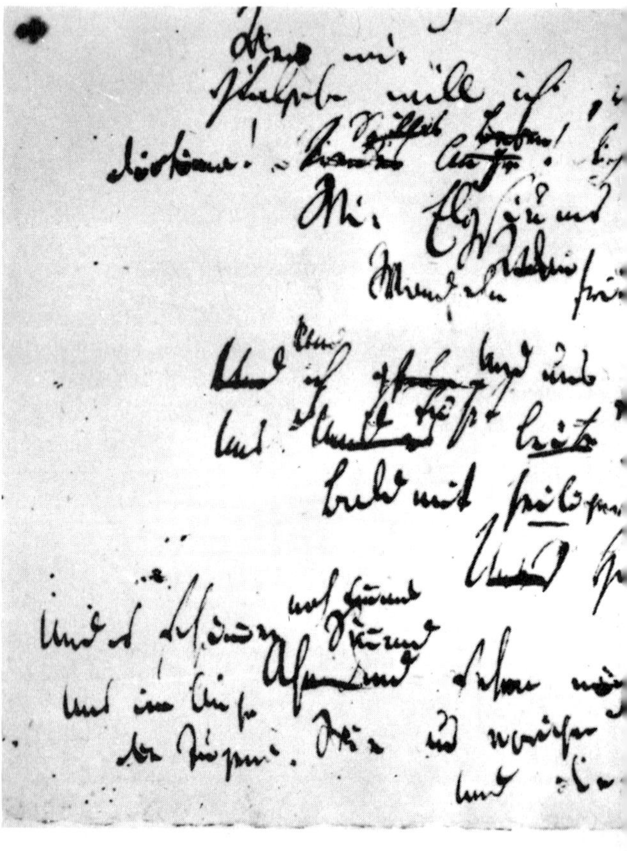

für sein Jahrhundert ... Ich weiß, es schmerzt unendlich, Abschied zu nehmen, von einer Stelle, wo man alle Früchte und Blumen der Menschheit in seinen Hoffnungen wieder aufblühn sah. Aber man hat sich selbst, und wenige Einzelne, und es ist auch schön, in sich selbst und wenigen Einzelnen eine Welt zu finden ... Ich glaube an eine künftige Revolution der Gesinnungen und Vorstellungsarten ... Je stiller ein Staat aufwächst, um so herrlicher wird er, wenn er zur Reife kömmt.[61]

Einen «Republikaner ... im Geist und in der Wahrheit» nannte Böhlendorff unsern Dichter. Hier, in dem Brief an Ebel, ist die Entscheidung zur rein inneren, stillen Pflege des Reifenden wohl zum ersten Mal mit der herben Sicherheit getroffen, die der inwendigen Kraft eigentlich entspricht.

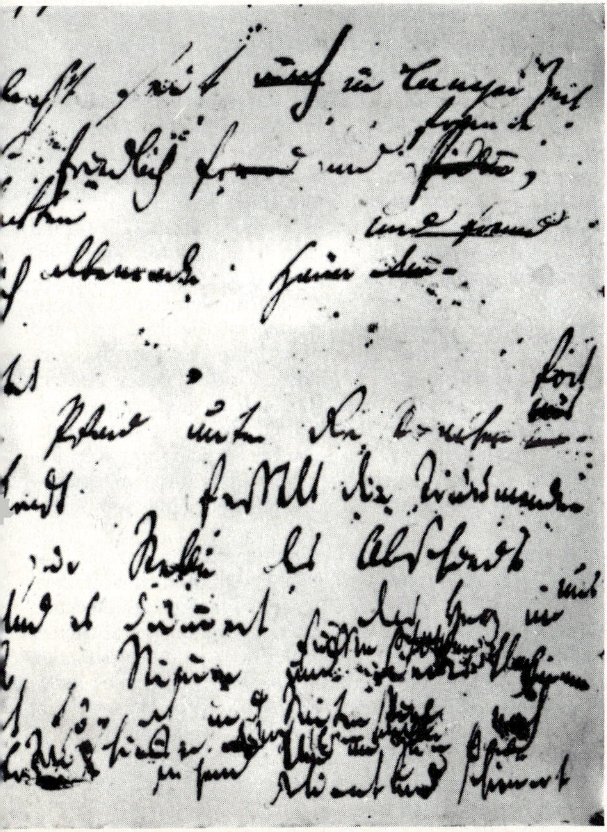

Die Krise im Hause Gontard durch Hölderlins Partnerschaft mit Susette blieb nicht aus. Dazu einige Streiflichter.[62] Schon im Frühsommer 1796 machte sich die im Hause wohnende junge Schweizerin Maria Rätzer besorgte Gedanken: «den ganzen morgen ist FG: mit Höl: oben ihn der Laube u ihm Cabinet die Kinder verlaßen diese Gegend Bediente u Mägde immer ums Haus herum wenn er morgen wieder käme u bemerkt würde es wäre nicht gut. o sagt es ihm ihr guten um meinetwillen vorsichtig zu seyn...» Um einiges härter klingt, was im Sommer 1797 als Echo des üblichen Klatsches aus Berlin dringt, auf Hölderlin und Susette bezogen: «Verliebte Leben nur für sich, und durch sich, vor Ihnen ist die ganze Welt tod.» Und wie sehr sich Frankfurt mit dem Geschrei um diese Beziehung beschäftigte, zeigt ein Brief der Günderode 1799: «ich darf ihn hier in Frankfurt gar nicht nennen, da schreit man die fürchterlichsten Dinge über ihn aus, bloß weil er eine Frau geliebt hat, um den Hyperion zu schreiben» (eine Logik, die allerdings der Hölderlins wiederum fremd bleibt).

Die Ehe zwischen Susette und Cobus (der sie als Siebzehnjährige zur Frau nahm) scheint weithin repräsentative Belange zur Grundlage gehabt zu haben und hielt sich im Rahmen der konventionellen Vorstellungen. Es gibt ein etwas bizarr hingehauenes Wort über diese Ehe: «Der Braten, wenn Sie Hunger hat, der Hund, den Sie streichelt, der Vogel, den Sie füttert, und ich, wenn ich erzähle, wir bekommen alle den nämlichen, freundlichen Blick, der sich nur etwas bewölkt, wenn Frau Susette einmal aus Irrthum ihren HE. Gemal fixirt.» Obwohl wir von dieser maliziösen Formulierung vieles abziehen müssen, bleibt die höfliche (vielleicht zeitweise noble) Distanz der Haupteindruck dieser Ehe. Hölderlin seinerseits klagte, wie oben erwähnt, über die *Herabwürdigungen*, die ihm wachsend von dem Bankier zuteil wurden, sofern überhaupt vorhanden, brach jede Noblesse vollends zusammen bei jenem schicksalhaften Auftritt im September 1798, bei dem das Verhältnis eine so eindeutig «feindseelige Farbe» annahm, daß sich Susette und Hölderlin zur sofortigen Trennung entschlossen und sich dabei, des Adels ihrer Verbundenheit bewußt, «stolz alle Beziehungen ... ohnmöglich» machten.— Hölderlin zog nun für eineinhalb Jahre ins nahegelegene Homburg.

Es gelang den beiden nicht, das schier unmenschliche Format, das sie sich mit dieser gewaltsamen Größe gesetzt hatten, durchzuhalten, und so entstand die Schmach einer zweijährigen versteckten, von der eifersüchtigen Kontrolle des Bankiers ständig gefährdeten, allzu dürftigen brieflichen Beziehung, in der doch jede der schmalen Brücken so sehr vom Leid der Trennung beladen war, daß es kaum mehr zu einem freien Blick der Begegnung kam. «Wir müssen jetzt vom Schicksaal betteln, und durch tausend Umwege einen Faden zu leiten suchen, der uns zusammen führt. Was wird aus uns werden, wenn wir für einander verschwinden?» So war die in unendlichen Variationen wiederholte Frage.

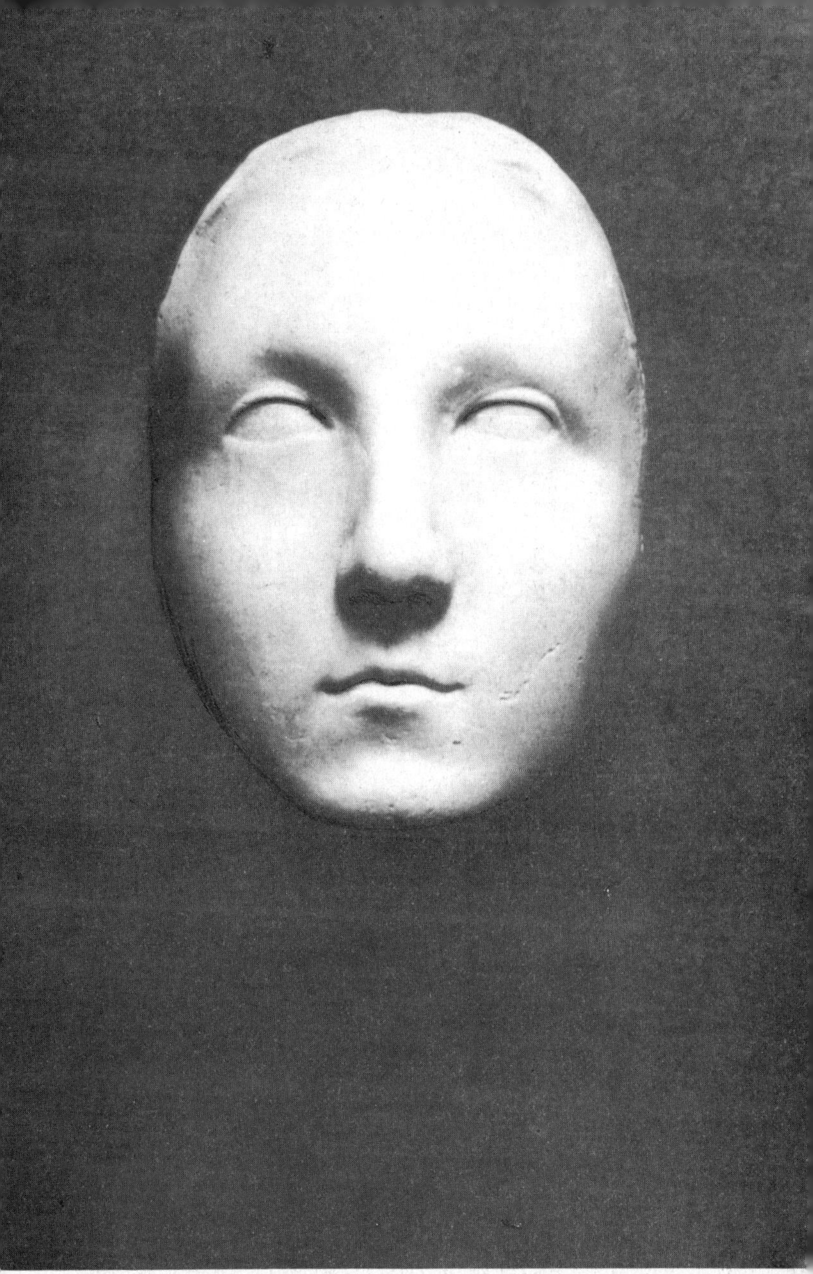

Susette Gontard (1769—1802). Maske von Landolin Ohmacht

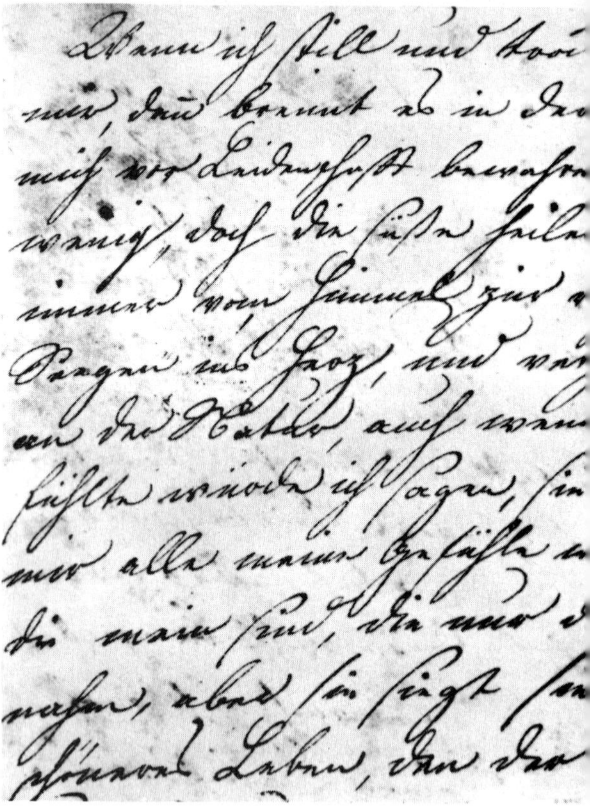

Susette Gontard an Hölderlin. Dezember 1798

Aus dem zauberhaften Leben, das dennoch in diesen Briefen gewoben wurde (die Briefe Susettes sind uns erhalten, von Hölderlin nur drei nicht abgesandte Entwürfe), sollen hier nur einige knappste Ausschnitte gegeben werden, denn eigentlich kann man diese Briefe nur ganz lesen oder nicht lesen. Das hier abgebildete Faksimile eines Diotima-Briefs hat folgenden Wortlaut:

«Wenn ich still und trocken bin, so zweifle nur nicht an mir, dann brennt es in der Tieffe und ich muß wie Du mich vor Leidenschafft bewahren. Der Gram zehrt wohl ein wenig, doch die süße heilende Schwermuth kömmt immer vom Himmel zur rechten Zeit, und gießt ihren Seegen in's Herz, und verzweiflen werde ich nie an der Natur; auch wenn ich den Tod schon im inneren fühlte, würde ich sagen:

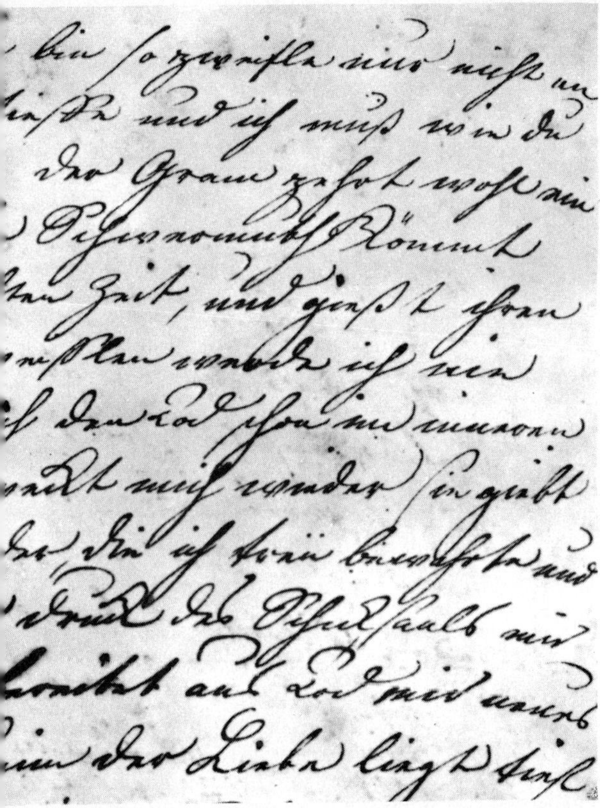

sie weckt mich wieder, sie giebt mir alle meine Gefühle wieder, die ich treu bewahrte und die mein sind, die nur der Druck des Schicksaals mir nahm, aber sie siegt, sie bereitet aus Tod mir neues schöneres Leben, denn der Keim der Liebe liegt tief und unaustilgbar in meinem Wesen.»

Von dem tödlichen Kampf der beiden Menschen mögen die folgenden Dokumente etwas mitteilen. Zuerst ein Brief Diotimas:

«... laß nicht die schwere Last der Entscheidung auf mich allein ruhn. Was Du gut findest, ist auch mein Wille, und wenn Du auch glaubest, daß es gut ist, in der Würklichkeit eine gänzliche Scheidung zwischen uns zu machen, ich will Dich nicht darum verkennen, die unsichtbaren Beziehungen dauren doch fort, und das Leben ist

Bad Homburg. Stich von Wegelin, um 1820

kurtz. Mir wird kalt! – Weil es kurz ist, es verscherzen? – – O sage! Wo finden wir uns wieder? – – – Theure! geliebte Seele! – – – Wo finde ich Ruhe? – – – Laß mich strenge meine Pflicht erkennen und mich selbst vergessen, und wird sie noch so schwer, hilf sie mir ausführen; aber ich kenne sie noch nicht. Selbsterhaltung, ohne dieß kann ich doch gar nichts, und mich selbst vergessen widerspricht sich mit diesem wohl. Denn alles, was ich gegen meine Liebe tuhn könnte, ist mir jetzt, als würde es mich verderben, mich zerstöhren. Welch eine schwere Kunst ist die Liebe! wer kann sie verstehen? und wer muß ihr nicht folgen?»

Auf einen spätern Brief Diotimas, in dem der Satz steht: «Ich fühlte es lebhafft, daß ohne Dich mein Leben hinwelkt und langsam stirbt» – antwortet Hölderlin (der Brief ist uns im Konzept erhalten; vermutlich hat ihn der Dichter abgebrochen, weil er für die Freundin zu schmerzhaft gewesen wäre):

... Hätte ich mich zu Deinen Füßen nach und nach zum Künstler bilden können, in Ruhe und Freiheit, ja ich glaube, ich wär' es schnell geworden, wonach in allem Laide mein Herz sich in Träumen und am hellen Tage, und oft mit schweigender Verzweiflung sehnt ... sieh! das macht mich eben so stille manchmal, weil ich mich hüten muß vor solchen Gedanken. Deine Krankheit, Dein Brief – es trat mir wieder, so sehr ich sonst verblinden möchte, so klar vor die Augen, daß Du immer, immer leidest ... Was ist besser, sage mirs, daß wirs verschweigen, was in unserm Herzen ist, oder daß wir

uns es sagen!... darum dämmerts oft vor uns, und wir wissen nicht mehr, was wir sind und haben, kennen uns kaum noch selbst; dieser ewige Kampf und Widerspruch im Innern, der muß Dich freilich langsam tödten, und wenn kein Gott ihn da besänftigen kann, so hab' ich keine Wahl, als zu verkümmern über Dir und mir, oder nichts mehr zu achten als Dich und einen Weg mit Dir zu suchen, der den Kampf uns endet. Ich habe schon gedacht, als könnten wir auch von Verläugnung leben, als machte vieleicht auch diß uns stark, daß wir entschieden der Hofnung das Lebewohl sagten,

Hier bricht der Entwurf ab. Unvollendet wie er ist die härteste und zarteste Ode jener Zeit, in der die Grunderlebnisse des Getrenntseins in einer bewegenden Genauigkeit aufgezeichnet sind:

...Und deines Lebens Wohllaut verhallt von mir
Nicht mehr belauscht, und ach! wo seid ihr
Zaubergesänge, die einst das Herz mir

Besänftiget mit Ruhe der Himmlischen?
Wie lang ist's! o wie lange! der Jüngling ist
Gealtert, selbst die Erde, die mir
Damals gelächelt, ist anders worden.

Leb immer wohl! es scheidet und kehrt zu dir
Die Seele jeden Tag, und es weint um dich
Das Auge, daß es helle wieder
Dort wo du säumest, hinüberblike
(Wohl geh' ich täglich...)

Der eindringlichste Begriff in diesen Versen ist das Wort *säumen,* das in seiner vollen Bedeutung hier steht: die Geliebte konzentriert sich im Blick des Liebenden zu dem Bild der Harrenden, die den Schritt herüber nicht tun darf. So steht sie am Saum seines und ihres Lebens.

Der endgültige Abschied geschah im Mai 1800. Mit einer unerhörten Disziplin rangen beide um ein Weiterbestehen, das nur möglich war, wenn der Blick aus dem Vergangenen gelöst und nach vorne genommen wurde – das alte fromme Wort dafür heißt Zu-versicht, Die letzten Worte der Diotima an Hölderlin lauten[63]:

«Versprich mir daß Du nicht zurück kommen, und ruhig wieder von hier gehen willst, denn wenn ich dieß nicht weiß, komme ich in der grösten Spannung und Unruhe bis Morgen früh nicht vom Fenster, und am Ende müssen wir doch wieder ruhig werden, drum laß uns mit Zuversicht unsern Weg gehen und uns in unsern Schmerz noch glücklich fühlen und wünschen daß er lange lange noch für uns bleiben möge, weil wir darinn vollkommen Edel fühlen und gestärkt werden für unser Schicksaal. Leb wohl! Leb wohl! Der Seegen des Himmels sey mit Dir.»

Das Bestehen wird von Hölderlins Seite erprobt in der Elegie

Menons Klagen um Diotima (1799/1800). Menon bedeutet der Bestehende, Bleibende. Diese Elegie nimmt eine Schlüsselstellung in Hölderlins Werk und Leben ein. Sie stellt nicht dar, sie vollzieht. Der Vollzug, der in der Elegie geschieht, ist eine Verwandlung und Wiedergeburt. Ein Durchbruch wird erkämpft, mit einer nur im Überpersönlichen erreichbaren Energie. Die Voraussetzung dafür ist das Erloten der absoluten Leidgrenze.

Nicht um eine «Bewältigung» Diotimas kann es sich dabei handeln, wie man gerne leichthin sagt. Es ist der Versuch, die neue Wachheit des Herzens zu objektivieren und dort die in der Liebe zu Diotima gewachsene Substanz nicht zu bewahren, sondern aufzubrechen in das *Rings* – wie Hölderlin dann später sagen wird – und durch diesen Aufbruch zu verjüngen, ihrer wirklichen Vollmacht zuzuführen. – Die folgenden Zitate ziehen das Werk so eng zusammen, daß sein stetiges Wachstum nicht zum Ausdruck kommt – dies kann man natürlich nur durch das Lesen des ganzen Werkes nacherleben (die Zitate stammen, bis auf das letzte, aus der ersten Fassung *Elegie*)

Das ziellose Irren des Getrennten wird zunächst mit aller Präzision aufgezählt, das Bild des verwundeten *Wilds* drückt die Tiefenschicht des Leidens mit einer archaischen Kraft aus:

Täglich geh' ich heraus und such' ein Anderes immer,
Habe längst sie befragt, alle die Pfade des Lands;
Droben die kühlenden Höhn, die Schatten alle besuch' ich,
Und die Quellen; hinauf irret der Geist und hinab,
Ruh' erbittend; so flieht das getroffene Wild in die Wälder,
Wo es um Mittag sonst sicher im Dunkel geruht ...
Nicht die Wärme des Lichts und nicht die Kühle der Nacht hilft
Und in Woogen des Stroms taucht es die Wunden umsonst ...

Ach! wo bist du, Liebende, nun? Sie haben mein Auge
Mir genommen, mein Herz hab' ich verloren mit ihr.
Darum irr' ich umher, und wohl, wie die Schatten, so muß ich
Leben und sinnlos dünkt lange das Übrige mir.
Danken möcht' ich, aber wofür? verzehret das Lezte
Selbst die Erinnerung nicht? nimmt von der Lippe denn nicht
Bessere Rede mir der Schmerz ...

Die Seele wendet sich nun der Geliebten selbst zu. Aber hier stößt sie auf eine neue Dimension. Die Geliebte wies ja über sich hinaus: *ein Schöneres.*

Aber o du, die noch am Scheidewege mir damals,
Da ich versank vor dir, tröstend ein Schöneres wies,
Du, die Großes zu sehn und die schweigenden Götter zu singen,
Selber schweigend mich einst stillebegeisternd gelehrt,
Götterkind! ...

Der Lernende, dessen Dankeskraft an der Last des Schmerzes fast gebrochen war, wird von Diotima selbst in den Raum geleitet, in dem er sie entfalten kann. Dieser Raum ist die inwendige Sphäre des Gebets. In ihr kann der Grund für ein neues Leben gefunden werden:

So will ich, ihr Himmlischen! denn auch danken, und endlich
Athmet aus leichter Brust wieder des Sängers Gebet.
Und wie, wenn ich mit ihr, auf sonniger Höhe mit ihr stand,
Spricht belebend ein Gott innen vom Tempel mich an.
Leben will ich denn auch! schon grünt's! wie von heiliger Leier
Ruft es von silbernen Bergen Apollons voran!
Komm! es war wie ein Traum! die blutenden Fittige sind ja
Schon genesen, verjüngt leben die Hoffnungen all.
Großes zu finden, ist viel, ist viel noch übrig, und wer so
Liebte, gehet, er muß, gehet zu Göttern die Bahn.

Die neue Stufe ist nicht nur etwas Errungenes, sie ist ebensosehr Geschenk: die Belebung geschieht ja durch das innere Wort des Gottes. Die wunderbare Bestätigung für die innere Verjüngung ist die Freude über das neue Leben:

schon grünt's!

Von einer «Bewältigung» zu sprechen wird, wie schon angedeutet, der wirklichen Vielschichtigkeit des Prozesses nicht gerecht. Die Worte *leben will ich* konnten schon ahnen lassen, daß der Todesgedanke da sein mußte, dem sie sich entgegenzustellen hatten. Er war da, sehr konkret.

«Du erhältst Dich ich weiß es um meinentwillen!» hatte ihn Susette — im Februar 1800 — angefleht. Sie selbst aber schritt, mit gelassener Konsequenz, den durch ihr Wort: «besser ein Opfer der Liebe! als ohne sie noch leben» gezeichneten Schicksalsweg zu Ende. In einer eigenartigen mythologischen Härte hatte Hölderlin schon zuvor im *Hyperion* das Gesetz der Diotima erblickt und objektiv nachgeschrieben (*verzeih mirs, daß Diotima stirbt,* hatte er Susette dann etwas hilflos gebeten[64]). Susette Gontard starb an Schwindsucht im Juni 1802; den letzten Stoß hatte ihr das Hinscheiden ihrer einzigen nahen Freundin Margaretha Sömmering (im Januar 1802) gegeben. Einst schrieb sie an Hölderlin: «Ich fühlte es lebhaft, daß ohne Dich mein Leben hinwelkt und langsam stirbt.» Von ihrem Tod sagt Marie v. Rüdt-Rätzer: «Susette meine gute meine ewig geliebte unvergeßliche Susette... ein Trost für sie sollte mir's seyn daß sie nie glüklich geweßen wäre... vor 14 tagen bekömt sie morgens convulsionen und Abends ist die zarte Blume verwelkt!»

Während der Bankier noch zwei weitere Male heiratete, fiel über Hölderlin erneut das Gericht der Gerüchte her. Denn was der am Normalmaß orientierte Bürger dem Tod der Susette hinzuzufügen hat, ist nur dies: er wisse «recht gut wer Dis auf seinem gewissen hat» [64]. Wie weit Hölderlin von solchen Meinungen informiert war, ist uns nicht bekannt; daß aber, wenn auch in einem ganz andern Stil, ähnliche Gedanken in ihm leben konnten, liegt nur allzu nahe, wenn man die unerhörte Skrupelhaftigkeit seines Bewußtseins bedenkt.

Von den vielen Spuren, auf denen sich der Todesgedanke durch Hölderlins Dichtung zieht, seien hier nur zwei genannt. Da ist erstens die *Empedokles*-Ode (1797–1800), die mit den Worten endet:

... folgen möcht' ich in die Tiefe,
Hielte die Liebe mich nicht, dem Helden.

Und da ist das *Empedokles*-Drama (1798–1800), das – vor diesem Gedanken sollte man nicht zurückscheuen – das Phänomen des Selbstmords in die großartigste mythische Transparenz rückt, die je dafür gefunden wurde. Dies ist freilich nur ein Aspekt der Dichtung. Die erste Fassung ist noch ganz vom Überbau einer rationalen Motivierung bestimmt: der Gang auf den Ätna wird begründet als Sühne dafür, daß sich Empedokles, der Seher, mit Gott gleichsetzte. Doch immer deutlicher verlagert sich in den späteren Fassungen das Schwergewicht auf das rein objektive, irrationale Bildgeschehen. Dem mythischen Heimweh nach dem mütterlichen Abgrund folgend, *zerbricht* der Seher selbst *sein eigen Glük*, ein *Opferthier*, und kehrt zum «berndten grunt» (so könnte es die Mystik sagen), zum mütterlichen Ursprung alles Seienden zurück:

... wenn izt, zu einsam sich,
Das Herz der Erde klagt, und eingedenk
Der alten Einigkeit die dunkle Mutter
Zum Aether aus die Feuerarme breitet,
Und izt der Herrscher kömt in seinem Stral,
Dann folgen wir, zum Zeichen, daß wir ihm
Verwandte sind, hinab in heilge Flammen.
(3. Fassung)

Hölderlins Leben nach der Trennung von Diotima wird von zwei polaren Vorgängen bestimmt. Auf der einen Seite vollzieht sich Stufe um Stufe ein immer umspannenderes Wachstum der Leidens-, Liebes- und Dankeskraft (*danken* ist ja der Hölderlinsche Name für dichten). Auf der andern Seite steigt das Gewicht der tödlichen Schwermut immer mehr an. Die zarte körperliche Gestalt des Dichters, die dazwischensteht, wirkt oft wie «ein Schatten» (so berichtet uns Schwab).

Hier ist der Ort, noch kurz des Freundeskreises zu gedenken, in dem Hölderlin seine Homburger Jahre verbrachte und dem er bis an die

Hölderlin mit 29 Jahren

Isaac Freiherr von Sinclair (1775—1815). Gemälde von Lerebour, 1808

Franz Wilhelm Jung (1757—1833). Zeichnung von Gerhard von Kügelgen

Schwelle der Umnachtung verbunden blieb. Dem Leiden um Diotima gegenüber, das seine Seele gerade in jener Zeit ganz in Anspruch nahm, stand dieser Kreis wohl stark im Hintergrund. Aber es war ein guter, treuer Hintergrund, *wie eine Melodie, zu der man seine Zuflucht nimmt, wenn einen der böse Dämon überwältigen will* (Dezember 1798). Homburg, sagte Sinclair, «ist eine Kolonie von Aventuriers. Das Schönste dabei ist, daß das Staatsband, das sie zusammenhält, so lax ist, daß sie sich nicht aneinander abschleifen. Jeder dünkt sich sein eigener Herr und behält seine Ecken und Eigenheiten bei. Doch ist der Ort so klein und die Verhältnisse sind so gedrängt beisammen, daß trotz ihrer Independenz alle diese Personen immer in Kollisionen kommen.» Unter diesen «Aventuriers» war der Kreis, in dem Hölderlin aufgenommen wurde, wiederum der exzentrischste.

An erster Stelle ist Sinclair zu nennen — «ein Treiber und vielseitig verbildeter Queerkopf ... es ward mir sanft unheimlich vor ihm» (sagte der Homburger Hofrat Gerning). Sinclair, körperlich von zartester, fast kindlicher Ausbildung — wovon auch das Porträt sprechen kann — war ein toller Hitzkopf; seine ungestüme Liebe zu Hölderlin empfand dieser wohl oft als allzu *allmächtige Gegenwart.* Sinclair hat an Hölderlin geglaubt, fast wie an einen Halbgott, und ist ihm treu zur Seite gestanden, bis auch er an seiner Entrückung verzweifelte. Hölderlin widmete Sinclair die Ode *An Eduard* und die Rheinhymne, in beiden Gedichten steht Sinclair in besonderer Korrespondenz zu dem Bild des kämpferischen *Stahls*. Geht man zu weit, wenn man in der Widmung der Rheinhymne – die den Gedanken der Bändigung und Bescheidung zum Thema hat – einen zarten Hinweis an den allzu aktiven Freund erblickt?

Dem Freunde Sinclair stand an Heftigkeit und Phantasie Siegfried Schmid nicht nach, wohl aber an Zähigkeit – ein liebenswürdiges junges Dichtertalent, das im Briefwechsel zwischen Goethe und Schiller stets in einem Atemzug mit dem ebenso «überspannten» Hölderlin genannt wurde, wobei von den «Leutchen» (sagt Schiller) bei Goethe Hölderlin, bei Schiller Schmid besser wegkam. Schmids herzliche Anteilnahme in Hölderlins schweren Homburger Jahren spricht aus einem seiner Briefe, in dem er Hölderlin ans Herz legt: «Du sollst nicht trauernd zürnen mit der Welt, Künstler; froh in Deinem inneren Schöpfer sie lassen, wie sie ist, die ewig gleiche und immer andere; und doch sie zusammenstürzen und göttlich verändert in allen ihren Theilen sie wieder aufrichten durch Deine Töne . . ».[65] Hölderlin widmete ihm die Elegie *Stutgard*.

Neben dem kühnen revolutionären Schwärmer Fried-

Casimir Ulrich Böhlendorff (1775–1825)

Siegfried Schmid (1774–1859)

rich Emerich (1773–1802), einem «Märtyrer der Wahrheit» und dem älteren, sehr seriösen Mentor Sinclairs, Franz Wilhelm Jung – mit dem Hölderlin vor allem die Mitarbeit an Jungs Ossianübersetzung verband – gehörte Böhlendorff in diesen Kreis. Diese tragische Gestalt wirkt wie eine Art Schatten Hölderlins: genialisch, aber ohne Kraft, ohne Disziplin, ohne Mitte – «zum Vagabunden verdammt», sagte er von sich selbst.

Daß es sich bei diesen *jungen Männern voll Geist und reinen Triebs* um eine sehr gefährdete Abenteurerverbindung handelte, davon berichtet der Hochverratsprozeß gegen Sinclair (1805), andrerseits die Tatsache, daß Emerich 1802 wahnsinnig wurde, Böhlendorff 1803 (er erschoß sich 1825), Schmid 1806. Das jähe, akausale Leben und Denken, in dem sie sich Freunde fühlten – ein Freundschaftswesen, auf das ein schwerbefrachtetes Hölderlinsches Wort wie *Gemeingeist* zurückweist[67] – hatte keine bindende Mitte.

In der absoluten Sphäre des tödlichen Ernstes blieb Hölderlin wohl stets *ohne Genossen (Brod und Wein).*

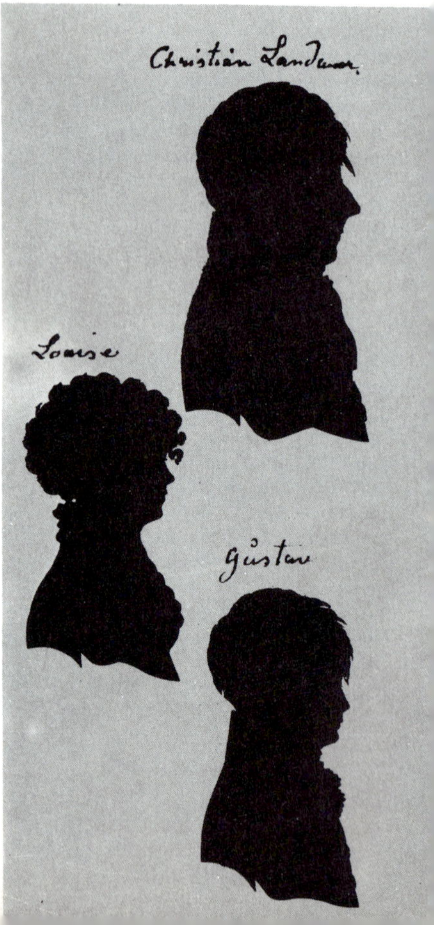

Die Familie Landauer. Oben die Eltern Georg Christian Landauer (1769–1845) und Johanna Margareta Louise (geb. 1770). Darunter links Louise (geb. 1793) und rechts Lilla (geb. 1795). Unten Gustav (geb. 1796) und Lida (geb. 1798)

Ein Wort zur Kapitelüberschrift. Der Begriff stammt von Hölderlin (*An die Madonna*), er bezeichnet seinen Beruf. Zu den *Dienenden* zu gehören, ist nicht Erniedrigung, sondern höchste Gnade. In seiner späten, reifsten Zeit wagt Hölderlin sich unter *die Dienenden* zu zählen. Härter nennt er sich, den Dichter, in der *Patmos*-Hymne: *ein Knecht.*

Die reifste Zeit Hölderlins zerfällt in zwei Abschnitte: die Jahre 1800/1801 in Stuttgart, Hauptwil und Nürtingen; und die Jahre 1802–1806 in Bordeaux, Nürtingen und Homburg. Zum ersten Abschnitt hier die wichtigsten äußern Umrisse.

Kaum zehn Tage machte Hölderlin, vom endgültigen Abschied von Diotima kommend, in Nürtingen Rast, dann trat er eine neue Erzieherstelle[68] im Hause des Tuchhändlers Christian Landauer in Stuttgart an. *Lieb' und Fülle ... und Ruh* war die Atmosphäre dieses *wohlgebauten* Hauses – dem, der auf *schmaler Erde seinen Gang* zu gehen hat, eine heilsame Stätte. Voll stiller Achtung stand Hölderlin dem musischen, gastfreien Kaufmann gegenüber: *Der Freunde Freund* nannte er ihn; nur allzu gespannt erschien ihm das eigne Leben neben diesem:

Manch Leben ist,
wie Licht und Nacht, verschieden,
In goldner Mitte
wohnest du.

Der Musikalität des Hauses spricht er einen besondern Dank:

Ich muß doch noch besonders danken für die goldnen Stunden der Musik! Die freundlichen Töne ruhen in mir[69].

Die drei ersten Monate des Jahres 1801 verbrachte Hölderlin als Erzieher in Hauptwil (bei Bischofszell) in der Schweiz, bei der Familie v. Gonzenbach. Den *Vater vom Hauße* nennt Hölderlin einen *ehrwürdigen Mann, der ... viel erlebt zu haben scheint, und doch eine Einfalt beibehalten hat, die mich äußerst interessirt,* von seiner Gemahlin Ursula wird als einer «mit männlicher Tätigkeit und Spekulation handelnden Kaufmännin» gesprochen. Hölderlins Gesamteindruck spricht sich in dem sehr scharf differenzierten Satz aus: *gründliche Menschen, die gerade so viel Antheil nehmen an Fremdem, als es ihr Herz nicht schwächt* [70].

Die übrigen Monate des Jahres 1801 lebte Hölderlin bei den Seinigen in Nürtingen.

Vor der Gipfelzeit dieser Jahre stehen wir als vor einem rätselhaften Sieg des geistigen Willens. Es gelingt Hölderlin, auf dem schmalen, in *Menons Klagen* Ausdruck gewordnen Grundstein der innern Festigung ein Reich der Dichtung zu bauen, wie es in seiner Lauterkeit einzigartig ist in der deutschen Sprache. Einen Hinweis auf die – um

Stuttgart aus der Gegend des Bopsers. Lavierte Tuschzeichnung von August

es ganz trocken zu sagen — geistige Technik, mit der diese Höhe erreicht werden konnte, finden wir in einem Brief an Landauer (Februar 1801):

Je sicherer der Mensch in sich und je gesammelter in seinem besten Leben er ist, und je leichter er sich aus untergeordneten Stimmungen in die Eigentliche wieder zurükschwingt, um so heller und umfassender muß auch sein Auge seyn, und Herz haben wird er für alles, was ihm leicht und schwer und groß und lieb ist in der Welt.

Man merkt diesem Satz an: die Erkenntnis, *daß das Leben eine Schule ist,* wird mit Konsequenz ergriffen und gestaltet[71]. Der Satz hat eine erfrischende Nüchternheit. Der Blickpunkt des Ganzen heißt: Welt — dieses bejahende Wort steht am Schluß, Welt als allüberspannende, grenzenlose Möglichkeit. Der entscheidende Akt heißt: die Stimmungen dirigieren. Und zwar geschieht dies nicht durch Unterdrücken, sondern durch «Schwingen». Denn Stimmung ist ja ein

Friedrich Schoepflin, 1795

Hauptwil.
Von Johann Jakob Aschmann, 1792

musikalisches Ereignis und muß darum mit musikalischem Können beherrscht werden.

Der Wolken sichere Stimmung gut
Gestimmt vom Daseyn Gottes, dem Gewitter

— so heißt es dann in der Hymne *Griechenland.* Für *sicher* steht dort die Variante *heiter.* Der Ausdruck der *sicheren Stimmung* ist die Heiterkeit. *Je sicherer der Mensch in sich und je gesammelter in seinem besten Leben er ist ...* Alle Kräfte sammelt der Ringende auf dem Gipfel seiner möglichen Lebensebenen, in sich schafft er die Sicherheit des Bestehens, die Energien der schwankenden Stimmungen faßt er zusammen in den einen *Eigentlichen* Ton: so gewinnt sein Auge die Helligkeit und Weiträumigkeit der wirklichen Schau, und sein Herz ist stark und offen für die Erfahrung *Welt.* Das, was so errungen wird, ist in einem sehr exakten Sinn Freiheit. Aus der geleisteten Hoch-Stimmung schreibt Hölderlin in jenem Brief einen Hymnus, dessen inneres Thema Wort für Wort Freiheit heißt:

Vor den Alpen, die in der Entfernung von einigen Stunden hieherum sind, stehe ich immer noch betroffen, ich habe wirklich einen solchen Eindruk nie erfahren, sie sind wie eine wunderbare Sage aus der Heldenjugend unserer Mutter Erde, und mahnen an das alte bildende Chaos, indeß sie niedersehn in ihrer Ruhe, und über ihrem Schnee in hellerem Blau die Sonne und die Sterne bei Tag und Nacht erglänzen.

Dann kannst Du wohl auch denken, wie mir jetzt, im Frühlingsanfang alle Elemente wohlthun und wie ich die Augen waide, an den Hügeln und Bächen u. Seen herum, da diß seit drei Jahren der erste Frühling ist, den ich mit freier Seele und frischen Sinnen genieße.

Man wird der Wirklichkeit dieses Ringens nur gerecht, wenn man sich genau vergegenwärtigt, daß es sich um ein Ringen handelt, in dem es nichts bleibend Erworbenes gibt. Vom Licht der Zeilen, die wir betrachteten, ist der Schatten nicht zu trennen. Wenige Wochen

nur liegen zwischen dem zitierten Brief und dem nächsten —, ebenfalls an Landauer — in dem die Sätze stehen:

... Überhaupt ists seit ein paar Wochen ein wenig bunt in meinem Kopfe. O! Du weist es, Du siehest mir in die Seele, wenn ich Dir sage, daß es mich oft um so mächtiger wieder überfällt, je länger ichs mir verschwiegen habe, diß, daß ich ein Herz habe in mir, und doch nicht sehe wozu? mich niemand mittheilen, hier vollends niemand mich äußern kann. Sage mir, ists Seegen oder Fluch, diß Einsamseyn, zu dem ich durch meine Natur bestimmt ... bin. — Wenige Zeilen weiter in dem Brief stehen die Worte: *wenn Du nach Frankfurt kommst, so denk an mich!*

Wir können uns die Spannung zwischen den beiden gekennzeichneten Polen wohl kaum groß genug vorstellen. Auf der einen Seite die frühlingshafte Freiheit, die durch den gesammelten geistigen Willen erarbeitet wird — auf der andern, hart daneben, die tiefe Not des Heimatlosen. Das Ergriffensein von beiden Extremen hat Hölderlin in aller Offenheit seinem nahen Freund Landauer mitgeteilt. Seinem Halbbruder gegenüber, dem Hölderlins innere Schicksale verborgener sind, spürt er die Aufgabe, sich fester, überlegener darzustellen. Er berichtet ihm daher in allgemeineren Begriffen von dem

Ursula von Gonzenbach (1751–1805)

geistigen Ort, um den sein Ringen geht. Er zeichnet indem er gezwungen ist, sich und sein Leben zu objektivieren, die erlittenen Lebensgesetze abstrakter, aber dadurch auch unbedingter:

Ein Unglaube an die ewige Liebe hatte sich meiner bemächtiget. Ich sollte auch dahinein geraten, in diesen furchtbaren Aberglauben an das, was eben Zeichen der Seele und Liebe, aber so mißverstanden ihr Tod ist. Glaub' es, Theuerster! ich hatte gerungen bis zur tödtlichen Ermattung, um das höhere Leben im Glauben und im Schauen vest zu halten, ja! ich hatte unter Leiden gerungen, die, nach allem zu schließen, überwältigender sind, als alles andre, was der Mensch mit eherner Kraft auszuhalten im Stande ist.

Mit großer Nüchternheit wird unterschieden zwischen dem Mißverständnis eines Glaubens an die *Zeichen der Seele und Liebe,* der der Tod der ewigen Liebe ist, einerseits und dem höheren Leben in der Freiheit der ewigen Liebe andererseits, das ein Ringen *bis zur tödtlichen Ermattung* bedeutet. Auf der Basis dieser inneren Auseinandersetzung ruht die Dichtung der reifsten Jahre Hölderlins.

Eine tödliche Not der Existenz und ein geistiger Wille wirken zusammen, die Person des Dichters vollkommen in den Dienst des Ingeniums zu stellen. Die Materie, durch die sich diese geistige Dynamik hindurchringt, ist das Gemüt des Dichters: überzart, durch die Fracht des Leides weit überdehnt, durch die Forderungen des Unbedingten zu höchster Transparenz gebildet. Das leichtgebaute Gefüge des Gemüts wird mehr und mehr gelockert, aufgelichtet, der Raum wird immer freier für die Akte des Geistes. Zugleich aber beginnen sich die einzelnen Teile des Gemütes zu entwurzeln und aus dem Zusammenhang zu lösen.

Wir sind nicht berechtigt, Schicksale zu beurteilen; dem geistigen Rhythmus Hölderlins entspräche das am wenigsten. Das Nachdenken bricht in einer Frage ab: die Gesetze sind also offenbar so absolut, daß sie ein Leben hinschenken für ein Fest des Wortes. Wenn irgendwo, so muß man hier von Dienst sprechen.

Anton von Gonzenbach (1748—1819)

Den Reichtum dieses Festes hier im einzelnen zu schildern, ist nicht möglich. Es sind, neben den immer dunkleren Oden, fünf gewaltige Elegien (*Der Archipelagus* ist hier zu ihnen gezählt) und neun Hymnen, die in diesen beiden Jahren entstehen — ein titanisches Werk, bedenkt man, wie jedes einzelne Wort dieser Dichtungen in der Mitte der Inspiration steht. Mit jedem einzelnen dieser Würfe wird die Sprache neuer Potenzen entbunden, werden neue Schicksalsproportionen erschlossen und wird ein neues Feld verwirklichter Frömmigkeit erarbeitet. Den strengsten Gipfel dieses Werkes stellt zweifellos die Eingangsstrophe der Hymne *Patmos* dar:

Nah ist
Und schwer zu fassen der Gott.
Wo aber Gefahr ist, wächst
Das Rettende auch.
Im Finstern wohnen
Die Adler und furchtlos gehn
Die Söhne der Alpen über den Abgrund weg
Auf leichtgebaueten Brüken.
Drum, da gehäuft sind rings
Die Gipfel der Zeit, und die Liebsten
Nah wohnen, ermattend auf
Getrenntesten Bergen,
So gieb unschuldig Wasser,
O Fittige gieb uns, treuesten Sinns
Hinüberzugehn und wiederzukehren.

Dem, der mit der Sprache des späten Hölderlin nicht vertraut ist, mag vieles an dieser Strophe rätselhaft sein. Im Rahmen dieser Studie ist es nicht sinnvoll, in eine Einzelinterpretation der Strophe einzutreten: sie müßte entweder den Hintergrund des gesamten Spätwerks heranführen — oder so bruchstückhaft bleiben, daß ein falscher Eindruck entstünde. Wichtiger ist, vor dem Phänomen einer solchen

Strophe stehenzubleiben und es auf sich wirken zu lassen. Als wäre jedes Wort soeben neu geschaffen, so steht eins neben dem andern, in urwelthafter Reinheit. Jedes Wort ist geladen mit der ungebrochenen Energie seiner überkausalen Bedeutung. Nicht der ziehende Zusammenhang der Sätze ist wichtig, sondern das einzelne Wort, wie es in sich ruht.

Die Größe solcher Verse ist umgeben von der streng gefügten Landschaft des übrigen Werks. Wir suchen es nun an einigen Stellen auf, und zwar da, wo der Dichter jeweils, wie vom Werk und von sich selbst zurücktretend, über sein eignes dichterisches Schicksal nachsinnt.

Vielleicht spricht sich das Verhältnis des Dichters Hölderlin zu seiner Dichtung am exaktesten in dem knappen Satz aus:

Singen wollt ich leichten Gesang, doch nimmer gelingt mirs.

Eine sublime Bemühung um «Leichtigkeit» verbindet Hölderlin mit seinem Dichten. Er möchte die Dichtung losgelöst haben von der eigenen Schwere, von der Schwere des eigenen Schicksals und Gemüts. Es geht ihm um *das hohe und reine Frohloken,* um ein Fest auf einer objektiven, durch persönliche Dunkelheiten ungestörten Ebene[72]. Es geht ihm aber auch – das steckt zugleich in den Worten – um das «Leichte» überhaupt: sichere Stimmung ist heitere Stimmung, der Schritt des Furchtlosen geht *auf leichtgebaueten Brüken.*

Doch nimmer gelingt mirs. Es ist sehr genau zu bedenken, daß wir dieser Verzweiflung das Geheimste zu danken haben, was Hölderlins Dichtung birgt. Jene Schwere, die nicht Entladung ist (denn wo einer nur im Gedicht seine Schwermut entlädt, ist das Gedicht ohne Schwere), sondern tödliches Schicksal, ein Schicksal, das den Dichter immer begleitet, durch alle seine Gedichte: an der entscheidenden Stelle münden sie alle ins Unerbittliche, Herbe. Der Satz zeigt auch die Identität der Dichtung mit dem Dichter. Er kann die Dichtung nicht von sich trennen. Er schreibt sie nicht nur, sondern er ist sie, der Dienende geht in seinem Dienst auf.

Mit den genialen Mächten des Himmels spricht Hölderlin am Ende der Hymne *Am Quell der Donau:*

Oftmals, wenn einen dann die heilige Wolk umschwebt,
Da staunen wir und wissens nicht zu deuten.
Ihr aber würzt mit Nectar uns den Othem
Und dann frohloken wir oft oder es befällt uns
Ein Sinnen, wenn ihr aber einen zu sehr liebt
Er ruht nicht, bis er euer einer geworden.
Darum, ihr Gütigen! umgebet mich leicht,
Damit ich bleiben möge, denn noch ist manches zu singen,
Jezt aber endiget, seeligweinend,
Wie eine Sage der Liebe,
Mir der Gesang, und so auch ist er
Mir, mit Erröthen, Erblassen,
Von Anfang her gegangen. Doch Alles geht so.

Das mystische *es* macht alles: *wir wissens nicht zu deuten – es befällt uns ein Sinnen* – der Gesang *ist* mir *gegangen.* Mit diesem *es* wirken die *Gütigen* durch unser Leben.

Eine sehr hintergründige Frömmigkeit ist es, die hinter dem *wenn ihr aber einen zu sehr liebt* steht. Denn dies: die übergroße Liebe der Götter drückt sich ja in Hölderlins Leben als härtestes Leiden aus. Der überwindende Glaube *alles ist gut* mündet in den zauberhaften Dank[73]. – Eindringlich deutet die Formulierung *noch ist manches zu singen,* in aller Sachlichkeit, auf den Auftrag des *Dienenden.*

Die Lebenssubstanz, die von Hölderlin in die Dichtung übergeht, ist fast mit den Händen greifbar in den letzten Zeilen. Die Dichtung *geht* – fast wie das eigene Blut. Am Ufer steht der Dichter, durch das Geschehen des Gesanges mitgenommen: der Gesang führt ihn durch Erröten und Erblassen und endet in den Tränen einer Seligkeit, wie sie sonst nur der Liebe angehört. *Doch Alles geht so.*

Das eigene Herz ist die Not des Dichters. Er will ja den *leichten Gesang,* und das eigene Herz ist voller Schwere, voll «hängender» Liebe. Die Gestalt, an die sich diese Liebe wendet, verändert sich. Über Diotima hinaus tastet das Auge in die Räume des Absoluten. Es findet Christus. *Die Einzige* hieß Melite im *Fragment von Hyperion.* Der *Friede des Himmels* war Diotima. Nun, nachdem mehr als eine *Mitternacht des Grams* und der Erkenntnis durchmessen ist, finden sich dieselben Worte ein in der Zuwendung zu Christus. *Seeliger Friede* heißt Christus, und: *der Einzige.*

Es hänget aber an Einem
Die Liebe. Diesesmal
Ist nemlich vom eigenen Herzen
Zu sehr gegangen der Gesang,
Gut machen will ich den Fehl
Wenn ich noch andere singe.
Nie treff ich, wie ich wünsche,
Das Maas. (Der Einzige)

Die Glut dieses Herzens muß freilich das selbstgesetzte *Maas* einer objektiven Dichtung immer wieder sprengen. *Eigene Schuld ists* – erkennt der von seinem Herzen fortgerissene Dichter. Und zugleich bekennt er sich zu dieser Schuld, mit der eigenartigen, gelassenen Sicherheit, die in den Worten liegt: *Ich weiß es aber.* Diese Glut, die den Dichter das strenge *Maas* der Dichtung vergessen ließ, ist es ja gerade, was ihr die letzte dunkle Innigkeit gibt. *Singen wollt ich leichten Gesang, doch nimmer gelingt mirs.*

Diese wenigen Stichworte konnten vielleicht wenigstens andeutend den Ort umschreiben, von dem aus die großen Werke des *Dienenden* in den Jahren 1800/1801 gedichtet sind.

Der folgende Abschnitt in Hölderlins Lebensgeschichte bedarf besonderer Sorgfalt der Betrachtung. Hier sollen vor allem die inneren

Lyon: Ansicht des Schlosses Pierre encise. Lithographie von F. Bollinger, um 1815. Aus Christian Friedrich Mylius: Malerische Fußreise durch das Südliche Frankreich und einen Theil von Ober-Italien (Carlsruhe 1818 bis 1819)

Der Hafen von Bordeaux. Gemälde von Joseph Vernet, 1758

Wegstationen angedeutet werden, die äußern werden nur kurz genannt. Zu breiter Diskussion und Argumentation ist kein Raum; die gegebenen Fingerzeige wollen nur Fragen sein. Es ist versucht, sie möglichst behutsam aus dem Hintergrund von Hölderlins Gestalt und Leben zu beziehen.

Am 10. Dezember 1801 reiste Hölderlin nach Bordeaux ab, um beim dortigen deutschen Konsul als Erzieher zu dienen. Wenige Tage zuvor schrieb er an Böhlendorff einen Brief. Darin stehen die Sätze: *Sonst konnt' ich jauchzen über eine neue Wahrheit, eine bessere Ansicht deß, das über uns und um uns ist, jezt fürcht' ich, daß es mir nicht geh' am Ende, wie dem alten Tantalus, dem mehr von Göttern ward, als er verdauen konnte. Aber ich thue, was ich kann, so gut ichs kann, und denke, wenn ich sehe, wie ich auf meinem Wege auch dahin muß wie die andern, daß es gottlos ist und rasend, einen Weg zu suchen, der vor allem Anfall sicher wäre, und daß für den Tod kein Kraut gewachsen ist. Und nun leb wohl, mein Theurer! bis auf weiteres. Ich bin jezt voll Abschieds.*

Ohne allzugenaue Erklärungen und Schlüsse suchen zu wollen, muß doch auf zwei Akzente aufmerksam gemacht werden, die hier gewaltig und tiefernst gesetzt sind. Das eine ist das Zeugnis vom Geschick des Sehers. Die Gewalt der Visionen bringt den menschlichen Verstand an die Grenze des Zerreißens. In der Hymne *Der Einzige* heißt es (ob die Verse aus demselben Jahr oder aus dem nächsten stammen, ist nicht nachprüfbar):

Ohnediß ist
Gewaltig immer und versuchet
Zu sterben eine Wüste voll
Von Gesichten, daß zu bleiben in unschuldiger
Wahrheit ein Leiden ist.

An den Horizont des visionären Lebens gehört die Gestalt des Todes. Er bietet dem Menschen an, ihn von dem Leiden des Bleibens im Absoluten zu erlösen, er *versuchet* ihn (im Sinn des Versuchers) *zu sterben.* Darum ist mit dem einen Akzent in dem Brief der andre unlösbar verbunden: der Gedanke des Todes. Er steht zweimal da: *daß für den Tod kein Kraut gewachsen ist,* und: *ich bin jezt voll Abschieds.* Das letztere Bekenntnis hat mehr Dimension, als man aufs erste annimmt. Der unablässig *bis zur tödtlichen Ermattung* Ringende weiß ja nicht, wann es ihn, wie den *Waizen, zerstreut, hinwegnimmt* und *verweht*[73]. Dem ständig im Anblick der Urbilder Lebenden ist es bekannt, daß sich der Todesprozeß archetypisch im Schicksalsbild der großen Reise ankündigt.

Hölderlin zog über Straßburg, Lyon (wo er sich als *homme de lettre* ins Paßkontrollbuch eintrug) und die *gefürchteten überschneiten Höhen der Auvergne, in Sturm und Wildniß, in eiskalter Nacht und die geladene Pistole neben mir im rauhen Bette* nach Bordeaux, wo er am 28. Januar eintraf. Die erste Nachricht von dort hat die

Worte des metallenen Klangs, wie wir sie von den Hymnen kennen: *Ich bin nun durch und durch gehärtet und geweiht.* Mit dem nächsten Brief beginnt jene stillste, fast gläserne Sprache der Spätbriefe, die in all ihrem Zauber etwas von Entrückung verrät. *Denket, ihr Lieben, meiner so viel, als ihr dadurch im Eurigen nicht gestört seid ... die weite Entfernung und meine Beschäfftigungen rathen mir, für jezt mit Briefen etwas sparsam zu seyn. Wir bleiben uns dennoch.* Es ist nicht nur geographisch eine *weite Entfernung,* die spürbar wird.

Von Hölderlins äußerem Leben in Bordeaux wissen wir so gut wie nichts. Wir kennen ein wenig den Rahmen: Hölderlins Hausherr, der reiche Weinhändler und Konsul Daniel Christoph Meyer war ein eleganter, kluger Weltmann, das Haus des Konsuls ein vornehmer klassizistischer Bau in gediegenster Wohngegend: *Fast wohn' ich zu herrlich. Ich wäre froh an sicherer Einfalt,* schrieb Hölderlin nach Hause. Der Duft der Landschaft ist uns aufbewahrt in den gelassenen Rhythmen der Hymne *Andenken,* die wie in traumhaft kindlichem Spiel ein Bild ans andere spinnt:

Der Nordost wehet,
Der liebste unter den Winden
Mir, weil er feurigen Geist
Und gute Fahrt verheißet den Schiffern.
Geh aber nun und grüße
Die schöne Garonne,
Und die Gärten von Bourdeaux
Dort, wo am scharfen Ufer
Hingehet der Steg und in den Strom
Tief fällt der Bach, darüber aber
Hinschauet ein edel Paar
Von Eichen und Silberpappeln;

Noch denket das mir wohl und wie
Die breiten Gipfel neiget
Der Ulmwald, über die Mühl',
Im Hofe aber wächset ein Feigenbaum.
An Feiertagen gehn
Die braunen Frauen daselbst
Auf seidnen Boden,
Zur Märzenzeit,
Wenn gleich ist Nacht und Tag,
Und über langsamen Stegen,
Von goldenen Träumen schwer,
Einwiegende Lüfte ziehen.

Es reiche aber,
Des dunkeln Lichtes voll,

Daniel Christoph Meyer (1751—1818).
Gezeichnet und gestochen von Quenedey

Bordeaux: das Wohnhaus des Konsuls Meyer in den Allées de Tourny, 1801

Mir einer den duftenden Becher,
Damit ich ruhen möge; denn süß
Wär' unter Schatten der Schlummer . . .

Mancher
Trägt Scheue, an die Quelle zu gehn;
Es beginnt nemlich der Reichtum
Im Meere . . .

Dort an der luftigen Spiz'
An Traubenbergen, wo herab
Die Dordogne kommt,
Und zusammen mit der prächt'gen
Garonne meerbreit
Ausgehet der Strom. Es nehmet aber
Und giebt Gedächtniß die See,
Und die Lieb' auch heftet fleißig die Augen,
Was bleibet aber, stiften die Dichter.

Am 10. Mai 1802 ließ sich Hölderlin einen Paß für die Rückreise ausstellen, am 7. Juni übertrat er die Grenze bei Kehl, kurz darauf erschien er in Stuttgart, «mit verwirrten Mienen und tobenden Gebärden, im Zustande des verzweifeltsten Irrsinnes und in einem Aufzug, der die Aussage, daß er unterwegs beraubt worden sei, zu bestätigen schien», so berichtet uns Schwab. Die Katastrophe ist eingetreten.

Es gibt auch irgendeine Erklärung für Hölderlins Rückkehr: man scheine in Bordeaux «Forderungen an ihn gemacht zu haben, die er zu erfüllen theils unfähig war, theils mit seiner Empfindlichkeit nicht vereinen konnte» [74]. Die Erklärung sagt nicht viel.

Es sei *gottlos und rasend,* einen *Weg zu suchen, der vor allem Anfall sicher wäre,* schrieb Hölderlin vor der großen Reise. (Wie eigenartig hier das Wort *rasend.*) Er hat also den Gefahren seines Weges sehr scharf ins Auge geblickt. Es wäre *gottlos,* diesen Weg nicht dennoch zu gehen. Ihn gehen ist der Dienst, den der Seher leisten muß – wissend von der Möglichkeit seines Untergangs. Es handelt sich bei diesem Dienst um Frömmigkeit, das ist sehr gründlich zu beachten. Die Worte aus Bordeaux: *Ich bin nun durch und durch gehärtet und geweiht* klingen wie vor einem ungeheuren Ereignis. *Geweiht* wofür?

Hölderlin, in der durchsichtigen Sprache jener Zeit, spricht vom Tod. *Ich bin jezt voll Abschieds.* Vielleicht wird man dem Phänomen seines Wahnsinns am ehesten gerecht, wenn man nur einfach seine eignen Worte und Bilder aufgreift. Es ist ein Todesprozeß. Die einzelnen Schichten der Persönlichkeit treten auseinander. Auf der einen Seite gerät, die zentrierende Bindung verlierend, das Genialische ins Schweben. Auf der andern Seite bleibt die gemüthafte und körperliche Materie, verwirrt, führungslos, zurück. Dieses Auseinander-

Friedrich Wilmans (1764 bis 1830). Gemälde von Cornelius

treten geschieht dadurch, daß das zusammenhaltende Band zerspringt: der Verstand. Er war der beanspruchenden Spannung nicht mehr gewachsen. Dies alles klingt hier sehr einfach und plausibel; wie unendlich viel differenzierter die Prozesse sich in der Wirklichkeit abspielen, ist bekannt.

Leicht wird nun Hölderlin mit der Gloriole des entrückten Propheten umgeben. Darum muß hier eine Komponente hinzugefügt werden. Hölderlin ist uns ja viel näher und erregender, wenn wir ihn in seiner zarten leidenden Menschlichkeit verstehen.

Noch einmal sei betont, daß es hier um Fragen, Fingerzeige geht, um nicht mehr. Jeder gewaltsame Zugriff würde die wirklichen Proportionen vernichten. Es gibt da einen sogenannten «Zufall». Daß wir ihn nicht mit wissenschaftlichen Mitteln begreifen und deuten können, ändert nichts an dem Schicksalsbild; es will betrachtet sein. In denselben Wochen, da Hölderlin den Verstand verlor, starb Susette Gontard. Hölderlin taucht ungefähr Mitte Juni, «mit verwirrten Mienen», in Stuttgart auf. Sie stirbt am 22. Juni. Man kann Kausalzusammenhänge suchen (dazu gleich unten ein Hinweis). Aber was soll das Denken in Ursache und Wirkung vor einem Lebensmysterium?

Wir waren Eine Blume nur ... unsre Seelen lebten in einander, heißt es im *Hyperion.* Ist es eigentlich so verwunderlich, daß der Griff des Todes beide zur selben Zeit erreicht? Die Identifikation war so stark, daß Hölderlin als Einundsiebzigjähriger, auf Diotima hin angesprochen, noch sagte: *närret ist se worde.*[74]

Schon im Dezember zuvor wußte Hölderlin etwas vom nahen Tod. Die Form dieses kommenden Todes mag ihm nicht genau bekannt gewesen sein.

Der «Zufall» der gemeinsamen Todesbegegnung und die Kraft der wege-wissenden Ahnung sind hier das wichtige — so unwissenschaftlich es alles sein mag. Sekundär wichtig ist die Frage, ob Hölderlin, längst innerlich vorbereitet, in Bordeaux durch einen Brief Susettes noch die letzte Bestätigung erhielt — einen Brief, «worin sie ihm von

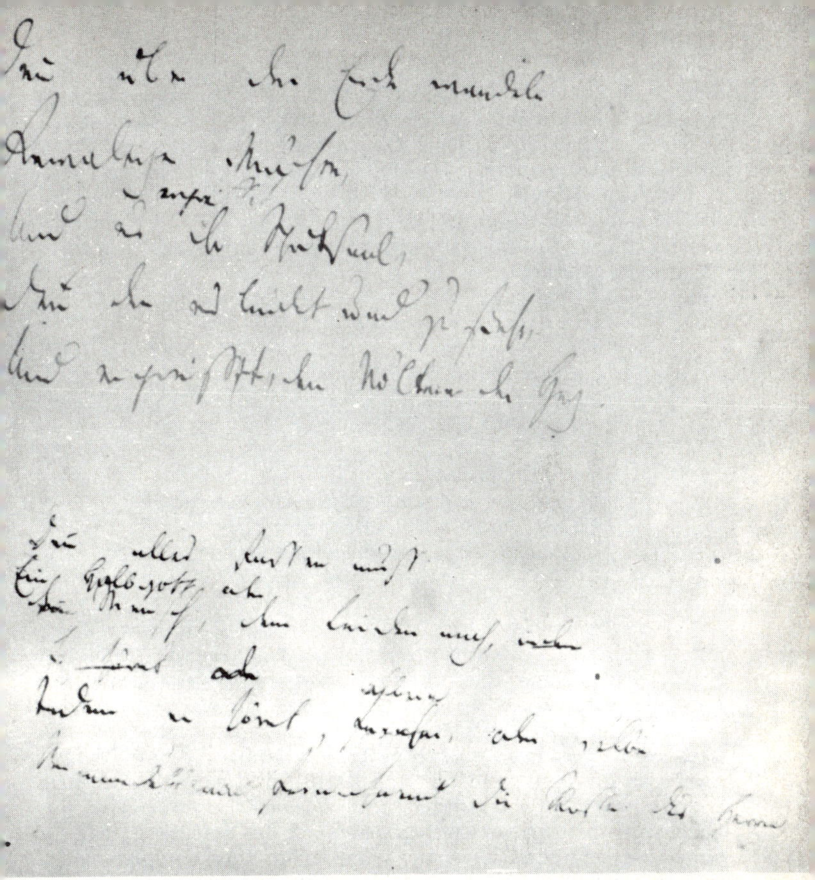

Sonst nemlich, Vater Zeus . . ., Schlußverse. Um 1803

einer schweren Krankheit Nachricht gab, und, vielleicht im Vorgefühl ihres nahen Todes, noch auf ewig von ihm Abschied nahm»[75]. So nämlich berichtet, in seinem Lebensabriß Hölderlins, der Bruder Carl Gock. Die Wahrheit des Berichts wurde angezweifelt, weil Susette erst zehn Tage vor ihrem Tode erkrankt sei; heute wissen wir durch neue Funde, daß sie lange Monate zuvor an Schwindsucht litt. Doch die Frage kann offen bleiben. Die konkrete Nachricht von Diotimas Tod erreichte Hölderlin in den ersten Julitagen 1802, in einem Brief Sinclairs. «Ich weine, indem ich dies schreibe», heißt es in diesem Brief.

In den Leidensjahren 1802—1804 lebte Hölderlin im Zustand des langsamen Zerrissenwerdens. Der Todesprozeß ging in Stößen vor sich. Aus den Zwischenstunden oder -tagen einer noch möglichen

Sammlung stammen die späten hymnischen Fragmente. Die Entwicklung kann hier nur kurz umrissen werden.

Das Verhältnis des Dichters zur Dichtung verändert sich. War er zuvor der unangefochtene Meister, der Entwerfende, Fügende, Ordnende, das Subjekt des Vorgangs also, so verliert er nun allmählich die Führung. Die Bilder, die Gestalten, die Begriffe, die Töne verwenden ihn, um Ausdruck zu werden. Er wird zum Objekt der makrokosmischen Schicksale.

Denn über der Erde wandeln
Gewaltige Mächte,
Und es ergreiffet ihr Schiksaal
Den der es leidet und zusieht,
Und ergreifft den Völkern das Herz.

Denn alles fassen muß
Ein Halbgott oder ein Mensch, dem Leiden nach,
Indem er höret, allein, oder selber
Verwandelt wird, fernahnend die Rosse des Herrn,

Langsam verschiebt sich der Themenkreis. In der Hymnik der Gipfelzeit lag der Akzent – urbildhaft gesehen – auf dem von oben her wirkenden (väterlichen) Ordnungsprinzip. Herakles, Christus, der Geist, das Wort waren die leitenden Motive. Nun gleitet der Akzent zur Urmutter-Macht hinüber, in all ihren mythischen Manifestationen. Da ist der titanisch-chaotische Abgrund. Da ist die stille *Königin,* die Madonna. Da ist die Jungfrau. Da ist die Heimat. Diese letzte Nuance hat einen ganz eigenen, lichten Zauber. Leise klingt sie auf, ein märchenhaft versonnenes Gespräch mit der Erde. Es ist wie die stille Heimkehr eines aus weiter Ferne kommenden Kämpfers.

Indessen laß mich wandeln
Und wilde Beeren pflüken
Zu löschen die Liebe zu dir
An deinen Pfaden, o Erd'

... und Rosendornen
Und süße Linden duften neben
Den Buchen, des Mittags, wenn im falben Kornfeld
Das Wachstum rauscht ...

jezt aber unter hohem
Gewölbe der Eichen, da ich sinn
Und aufwärts frage, der Glokenschlag
Mir wohlbekannt
Fernher tönt, goldenklingend, um die Stunde, wenn
Der Vogel wieder wacht. So gehet es wohl. (Heimath)

Bettina von Arnim (1785–1859).
Radierung von Ludwig Emil Grimm, 1838

Die Betonung des letzten Satzes liegt auf dem *wohl.* Als geheimer Begleiter dieser Jahre ist der Todesgedanke da. Tief verschleiert sucht er sich einen Ausdruck.

Es reiche aber,
Des dunkeln Lichtes voll,
Mir einer den duftenden Becher,
Damit ich ruhen möge; denn süß
Wär' unter Schatten der Schlummer . . . (Andenken)

Die Hauptarbeit der Jahre 1802/1803 wurde die Vollendung der (schon um die Jahrhundertwende begonnenen) Übersetzungen der Tragödien «Ödipus» und «Antigone». Es darf nicht verschwiegen werden, daß es sich dabei – wie auch bei den ungezählten Überarbeitungen und Verwandlungen der eigenen Elegien und Hymnen – bei aller archaischen dichterischen Gewalt der Sprache um eine nachschöpferische Leistung handelt. Die einzelnen Reichtümer dieses leidenschaftlich geschriebenen Werks können hier nicht erläutert werden. Einen ungewöhnlich opferbereiten und einsatzbereiten Verleger fand Hölderlin in dem Frankfurter Friedrich Wilmans.[76] Die Übersetzungen erschienen um Ostern 1804.

Einen Eindruck von Hölderlins Leben um 1803 gibt ein Brief Schellings, der sich als Zweiundsiebzigjähriger einer erschütternden Begegnung mit dem Dichter erinnert. Schelling erzählt dort von «Hölderlins Erscheinung in Kl. Murrhardt, wohin er im Frühling 1803 . . . ohne Begleitung, zu Fuß, queerfeldein wie durch Instinct geführt, gelangt war, um mich zu sehen. Es war ein trauriges Wie-

Landgräfin Caroline von Hessen-Homburg (1746—1821)

dersehn, denn ich überzeugte mich bald daß dieses zart besaitete Instrument auf immer zerstört sey. Wenn ich einen Gedanken anschlug, der ihn ehmals ansprach, war die erste Antwort immer richtig und angemessen, aber mit dem nächsten Wort war der Faden verloren. Aber ich habe an ihm erfahren, wie groß die Macht angeborner, ursprünglicher Anmuth ist. Während 36 Stunden, die er bei uns im Ganzen verweilte, hat er nichts unschickliches, nichts seinem früheren, edlen und anstandsvollen Wesen widersprechendes weder gethan noch geredet.»[77]

Sinclair, der so religiös an Hölderlin glaubte, daß er seine Gemütsverwirrung für eine «aus wohl überdachtem Grunde angenommene Äußerungsart» hielt, machte im Sommer 1804 einen letzten Versuch, den Dichter durch eine erneute Verankerung seines Selbstvertrauens

Prinzessin Auguste von Hessen-Homburg (1776–1871)

und durch das Leben in einer objektiven Umwelt aus dem Wahnsinn zu reißen. Er brachte ihn nach Homburg, veranlaßte den Landgrafen, Hölderlin zum Hofbibliothekar zu ernennen und kam selbst für das Gehalt auf.

Der äußere und geistige Stil am Hofe zu Homburg fiel aus dem üblichen heraus. Der Landgraf «Friederich der Einsiedler» (wie er sich einmal unterschrieb) lebte viel lieber in der Reinheit religiöser Gedanken als in der hohlen Welt der Regierungsgeschäfte. «Wer ihm nahte, mußte ihm huldigen und dienen, wer ihn erblickte, sich beugen vor seiner Hoheit und Würde. Hatte doch die Natur einen unwiderstehlichen Zauber der Herrschaft und des Sieges über jede niedere Leidenschaft, über sein ganzes Wesen und alle seine Züge ausgegossen.»[78] Oft regierte seine bedeutende Gemahlin, die Landgrä-

Landgraf Friedrich V. von Hessen-Homburg (1748—1820)
Am Totenbett gezeichnet von Krane

fin Caroline, mit Sinclair allein. Verschlossener, scheuer noch als der Landgraf war die Tochter Auguste (deren Porträt nichts von ihrer wirklichen Herbheit verrät). Die Begegnung mit dem Dichter löste in ihr eine tiefe Leidenschaft aus, die sie ihm nie gestand; seine Erscheinung wurde für sie die «Erweckung zu einem höheren Sein» [79], deren Energien sie in ihr pietistisches, bis zur Überspannung frommes Leben einbaute.

Dem Landgrafen von Homburg widmete Hölderlin sein herrlichstes Gedicht, die Hymne *Patmos.*

Etwas von den Horizonten der Homburger Zeit wird durch den bekannten Bericht der jungen Bettina spürbar. Sie schöpft aus zweiter Quelle, aus Erzählungen Sinclairs; trotz der romantischen Harmonisierung der Worte sind Grundlinien Hölderlinschen Denkens zu erkennen. In Bettinas Bericht heißt es unter anderm: «Alles sei Rhythmus, das ganze Schicksal des Menschen sei Ein himmlischer Rhythmus, wie auch jedes Kunstwerk ein einziger Rhythmus sei, und alles schwinge sich vor den Dichterlippen des Gottes, und wo der Menschengeist sich dem füge, das seien die verklärten Schicksale, in denen der Genius sich zeige.»

Im September 1806 brachte Sinclair den Kranken, «dessen Wahnsinn eine sehr hohe Stufe erreicht hat», von Homburg nach Tübingen in das dortige «Klinikum», wo er von dem leitenden Arzt Dr. Autenrieth und zeitweise von dessen Schüler Justinus Kerner behandelt wurde. Dort besuchte ihn auch der sehr gebildete Schreiner-Obermeister Ernst Zimmer von Tübingen, der ihn dann im Spätsommer 1807 in sein Haus zur Pflege aufnahm. Bei seiner Entlassung aus der Klinik wurde Hölderlin als unheilbar bezeichnet, und der Arzt erklärte, der Patient werde höchstens noch drei Jahre leben.

Seite 148/149: Tübingen vom Österberg aus. Um 1840

«Der arme Hölderlin» — wie er in den zeitgenössischen Zeugnissen formelhaft heißt — hatte noch 36 Jahre der Wüste zu durchwandern, bis ihn am 7. Juni 1843 ein ruhiger Tod erlöste. Die übereinstimmenden Berichte der Zeitgenossen von der «geisterhaften Gestalt», der seltsam manischen Art des fortgesetzten Selbstgesprächs und der «Neigung, sich jedermann in einer unübersteigbaren Ferne zu halten», sollen hier nicht weiter ausgebreitet werden. Die ausführlichsten Berichte stammen von den beiden ersten Biographen Hölderlins: Wilhelm Waiblinger, dem genialen Expressionisten, der manche Züge verfälscht, und Christoph Theodor Schwab, dem fleißigen Sammler, der mit einer biedermeierlichen Wohlmeinung vieles verwischt.

Nur zur Vergegenwärtigung der äußern Erscheinung sei einiges hervorgehoben. Stets wird die «hohe, gedankenschwere Stirne» bewundert — «eine hohe geradfallende Stirn schien Zeuge des einstigen Gedankenreichthums». Und jeder ist ergriffen von dem «geistvollen Auge. Ich hatte noch kein schöneres Auge bei einem Sterblichen gesehen.» Zugleich aber wird gerade im Auge auch die Tragik am krassesten sichtbar: «der starre und wirre Blick. Es fehlte immer an Concentration, an Sammlung zum Sterne.»

Die wachsende nervliche Erschöpfung, die Zusammenhangslosigkeit im Denken, die «Mühseligkeit» der Sprache (bei aller noch lebendigen Sublimität der Gedanken und Originalität des Ausdrucks, die betont wird) und die immer tiefere Einsamkeit des Gemüts machte immer mehr «eine genaue Communicazion mit ihm unmöglich. Sein Leben ist ein ganz inneres» (Waiblinger).

Die eigenartige innere Stille, die um die Gestalt des alten Hölderlin liegt — fast ist man versucht, an die Stille zu denken, die das versöhnte Wesen eines Toten — atmet, gibt dieser Erscheinung ihr Gepräge. Wohl ist diese Stille nicht ohne Trauer. Hölderlin hatte ja eine gewisse Kontrolle über seine Ausdrucksfähigkeit. In den Briefen an die Mutter kehren Formulierungen wie die folgenden immer wieder:

Meine Mittheilungsgaabe schränkt sich auf Äußerungen meiner Anhänglichkeit an Sie ein, bis meine Seele an Gesinnungen so viel gewonnen hat, daß sie mit Worten sich davon mittheilen und Sie interessiren kann.

Nehmen Sie vorlieb mit dem Wenigen, das ich Ihnen schreiben kann.

Mein Briefschreiben wird Ihnen nicht immer viel seyn können, da ich das, was ich sage, so sehr, wie möglich, mit wenigen Worten sagen muß, und da ich jetzt keine andere Art zu sagen habe.

Aber diese Trauer ist in einem seltsamen tiefen Frieden eingehüllt.

Das Jahr erscheint mit seinen Zeiten
Wie eine Pracht, wo Feste sich verbreiten,
Der Menschen Thätigkeit beginnt mit neuem Ziele,
So sind die Zeichen in der Welt, der Wunder viele.

Hölderlin mit 70 Jahren. Wachsrelief von W. Neubert

Im Blick des alten Dichters verliert das Leben immer mehr an subjektiver Tönung und Spannung. Die Erscheinungen wachsen ins Objektive, Schemenhafte. Ein klagloser Blick versöhnt die Gegensätze im *Rund* des Ganzen.

Der Winter

Das Feld ist kahl, auf ferner Höhe glänzet
Der blaue Himmel nur, und wie die Pfade gehen
Erscheinet die Natur, als Einerlei, das Wehen
Ist frisch, und die Natur von Helle nur umkränzet.

Der Hölderlinturm in Tübingen.
Aquarell von M. Jelin, um 1850

Der Erde Rund ist sichtbar von dem Himmel
Den ganzen Tag, in heller Nacht umgeben
Wenn hoch erscheint von Sternen das Gewimmel,
Und geistiger das weit gedehnte Leben.[80]

Der Ort des Dichters ist die fremde, stille Distanz der Betrachtung. In dem fernen Blick dieses Auges wird alles zur Erscheinung, ist eingebaut ins *Rund*. Man denkt an einen Bühnenraum, an Kulissen. Ein Schleier des Jenseitigen liegt über allem.

Ganz wenige Gedichte gibt es aus jener stillsten Zeit, in denen die Leidenschaft der Seele hörbar wird. Wo sie aufklingt – da freilich

Der Winter.

Das Feld ist kahl, auf glänzet
ferner Höhe ~~[illegible]~~
Der blaue Himmel nur, und wie
die Pfade gehen
Erscheint die Natur als Einerlei,
das Wehen
Ist frisch und die Natur
von Helle nur
umkränzet.

Der Erde Rund ist sichtbar von
dem Himmel
Den ganzen Tag, in heller Nacht ist
umgeben
Wenn hoch erscheint von Sternen
das Gewimmel,
Und geistiger
das weit gedehnte
Leben,

(spätestens im Jan. 1842)

Der Winter. 1842

klingt sie ergreifend. Einmal noch tastet Hölderlin im Gedicht nach Diotima zurück. Die tragische Hilflosigkeit dieses Tastens rettet sich in eine jenseitige Identifikation mit der Geliebten. Die folgenden Zeilen sind aus Diotimas Mund gesprochen:

Wenn aus der Ferne, da wir geschieden sind,
Ich dir noch kennbar bin, die Vergangenheit
O du Theilhaber meiner Leiden!
Einiges Gute bezeichnen dir kann,

So sage, wie erwartet die Freundin dich,
In jenen Gärten, da nach entsezlicher
Und dunkler Zeit wir uns gefunden?
Hier an den Strömen der heilgen Urwelt.

Das muß ich sagen, einiges Gutes war
In deinen Bliken, als in den Fernen du
Dich einmal fröhlich umgesehen
Immer verschlossener Mensch mit finstrem

Aussehn. Wie flossen die Stunden dahin, wie still
War meine Seele über der Wahrheit ...

In meinen Armen lebte der Jüngling auf,
Der, noch verlassen, aus den Gefilden kam,
Die er mir wies, mit einer Schwermuth,
Aber die Nahmen der seltnen Orte

Und alles Schöne hatt' er behalten, das
An seeligen Gestaden, auch mir sehr werth
Im heimatlichen Lande blühet
Oder verborgen, aus hoher Aussicht,

Allwo das Meer auch einer beschauen kann,
Doch keiner seyn will. Nehme vorlieb, und denk
An die, die noch vergnügt ist, darum,
Weil der entzükende Tag uns anschien ...

Dies ist aber eine der ganz seltnen Stellen, wo Klage auftaucht. Die Ordnung des Makrokosmischen ist viel stärker als persönliches Leid. Ein ungemein überzeugender Satz steht in einem dieser Gedichte:

Der Mensch vergißt die Sorgen aus dem Geiste,
Der Frühling aber blüht

Dichterisches Denken: der Frühling ist die Widerlegung der menschlichen Sorgen.

Die Harmonie der Reime, der stille Glanz der Bilder, das Licht

Hölderlin mit 55 Jahren. Zeichnung von Johann Georg Schreiner

einer fraglosen Frömmigkeit – dies alles, wie es in den spätesten Gedichten Hölderlins lebt, berichtet von dem Frieden, aus dem sie stammen. Der immer ersehnte Friede: nun ist er in einer andern, nicht gesuchten Weise da. Ein märchenhafter Friede liegt über dem kindlichen Spiel seiner Bilder:

...wo der Obstbaum blühend darüber steht
Und Duft an wilden Heken weilet,
Wo die verborgenen Veilchen sprossen;

Gewässer aber rieseln herab, und sanft
Ist hörbar dort ein Rauschen den ganzen Tag;
Die Orte aber in der Gegend
Ruhen und schweigen den Nachmittag durch.

Hölderlin mit 72 Jahren. Zeichnung von Louise Keller

ANMERKUNGEN

In diesen Anmerkungen gelten folgende Abkürzungen: Mit bloßen Zahlen ist die Große Stuttgarter Hölderlin-Ausgabe (siehe Bibliographie) zitiert. 3, 16 bedeutet z. B. Band 3, Seite 16

ZINK. 5 bedeutet Inselausgabe (besorgt durch Franz Zinkernagel), Band 5.

HELL. 3 bedeutet Propyläenausgabe (besorgt durch Hellingrath, Seebaß und Pigenot), Band 3 (3. Aufl.)

HELL. 6 bedeutet Propyläenausgabe (besorgt durch Hellingrath, Seebaß und Pigenot), Band 6 (1. Aufl.)

Die ungezählten Einzelzüge, die das vorliegende Buch den Erläuterungen Adolf Becks zu Hölderlins Briefen (Große Stuttgarter Ausgabe Band 6, 2. Hälfte) dankt, können hier nicht jeweils angemerkt werden, so wenig wie die vielen Hinweise, die aus der Arbeit von Paul Raabe über Hölderlins Briefe bezogen sind (siehe Bibliographie).

1 Friedensfeier 2. Stufe (nach meiner Lesung in HÄUSSERMANN Friedensfeier; siehe Bibliographie 5 b)
2 An die Madonna 2. Stufe (nach meiner Lesung ebenda)
3 Stutgard
4 nach dem Kaufbuch, zitiert im Testament der Mutter Hölderlins (siehe Bibliographie 3)
5 Brief 172. 216. 228 (an den Bruder, Januar 99. An die Schwester, Oktober 00. Februar 01). HELL. 6, 348
6 HELL. 3, 169
7 Brief 141. (Juli 97). Hyp. II 107
8 Beck: Aus der Umwelt . . . (siehe Bibliographie 3)
9 Brief 134 (An die Mutter, Januar 97). 135 (An den Bruder, Februar 97)
10 Handwörterbuch des deutschen Aberglaubens, Band 4, Spalte 267
11 Brief 27 (An die Mutter, November 89). Ernst Müller: Heinrich Friedrich Hölderlin (Bibliographie 5 a)
12 Vor allem Ernst Benz: Schellings theologische Geistesahnen (Mainz, Wiesbaden 1955). Robert Schneider: Schellings und Hegels schwäbische Geistesahnen (Würzburg 1938)
13 Gnomon Novi Testamenti (Tübingen 1759), S. 354. Sechzig erbauliche Reden (Stuttgart 1748), S. 339
14 Sämmtliche Schriften (1858—1864), Abth. 1, Band 4, S. 564. Abth. 2, Band 3, S. 244
15 Weisheit im Staube (hg. v. Johannes Herzog, Tübingen 1927), S. 45. 19. Adolf Beck: Aus Schellings Jugend (Tübinger Blätter 1955, S. 10 f.)
16 Ein unbekannter Brief Schellings (mitget. v. Irene Koschlig. Hölderlin-Jahrbuch 1948/49, S. 9—14)
17 Brief 12 (An Imm. Nast, September 87)
18 Brief 243 (An Wilmans, Dezember 03)
19 Anmerkungen zum Oedipus
20 Brief 13. 5 (Oktober 87, Januar 87)
21 ZINK. 5, 408f. Brief 25 (Januar 89)
22 Brief 45 (An die Mutter, Juni 91). HELL. 6, 222. Wenn aus der Ferne . . . (Lesarten). HELL. 6, 225. 245
23 Brief 6. 13. 15 (An Imm. Nast, Februar, Oktober, November 87). Brief 50. 35 (An Neuffer, April 92. November 90)
24 Der Wanderer. An die Madonna
25 Betzendörfer (siehe Bibliographie 5 a), S. 36 f.
26 ZINK. 5, 416—419. Brief 32 (An die Mutter, April, Mai 90)

27 Betzendörfer (Bibliographie 5 a), S. 52. 10. 13. 12. 11
28 Brief 27 (An die Mutter, November 89). Brief 47 (An Neuffer, November 91). Zornige Sehnsucht. Brief 62 (An den Bruder, August 93)
29 Brief 163 (An Neuffer, August 98)
30 2, 657. Brief 28 (Dezember 89)
31 Brief 54. 75 (September 92. April 94)
32 6, 622
33 HELL. 6, 226—228
34 Brief 140 (An Neuffer, Juli 97)
35 6, 575
36 Brief 28 (An Neuffer, Dezember 89). Griechenland, An St. Brief 49 (An die Schwester, Februar/März 92). 3,299
37 dazu Georg Schmidgall: Die Französische Revolution . . . und Adolf Beck: Aus der Umwelt . . . (siehe Bibliographie 3. 5 a)
38 Brief 44 (An die Mutter, April 91). Lavater: Physiognomische Fragmente, 4. Versuch, 1. Abschnitt, 10. Fragment; und: 3. Versuch, 9. Abschnitt, 1. Fragment. Rudolf Pestalozzi: Lavaters Fremdenbücher (Neue Zürcher Zeitung, 19. März 1956)
39 6, 572
40 Brief 136 (An Neuffer, Februar 97). Brief 84 (An Hegel, Juli 94)
41 Hegel: Werke (1832—1845), Band 15, S. 91. Schelling: Sämtliche Werke (1856—1868), Abth. 1, Band 5, S. 288
42 Hegel: Jugendschriften (Nohl), S. 333. Hegel: Dokumente (Hoffmeister), S. 179—181
43 Hyp. I 54. Hegel Jugendschriften (Nohl), S. 321
44 5, 284
45 Brief 84 (An Hegel, Juli 94). Briefe Charlottens von Kalb an Schiller (siehe Bibliographie 3), S. 139. Brief 103 (An Ebel, September 95). Brief 93 (An Neuffer, Januar 95)
46 Brief 158 (An Neuffer, Juni 98)
47 Brief 89 (An Neuffer, November 94). Brief 159 (An Schiller, Juni 98)
48 Brief 95 (An die Mutter, Februar 95). Brief 76. 124 (An Schiller, März 94. Juli 96)
49 Brief 144 (An Schiller, August 97)
50 Brief 89 (An Neuffer, Nov. 94). Brief 94 (An Hegel, Jan. 95). Brief 93 (An Neuffer, Januar 95)
51 HELL. 6, 262
52 Brief 93 (An Neuffer, Januar 93)
53 Brief 89 (An Neuffer, November 94). Brief 117 (An Niethammer, Februar 96). Brief 91 (An die Mutter, Dezember 94). 6, 705. Brief 117
54 Empedokles, 3. Fassung, Schluß. Patmos. Geh unter, schöne Sonne . . .
55 Brief 93. 105 (An Neuffer, Juni, Oktober 95). Zum folgenden Beck: Die holde Gestalt (siehe Bibliographie 5 a)
56 Brief 148 (An die Mutter, November 97). Brief 156 (An die Schwester, April 98)
57 Brief 148. 165 (An die Mutter, November 97. Oktober 98). Die folgenden Zeugnisse — sofern nicht von Hölderlin — stammen aus: Adolf Beck: Diotima und ihr Haus (siehe Bibliographie 3) und aus den Briefen Diotimas an Hölderlin, zitiert nach ZINK. 5
58 Hyp. I 110. I 118. I 98. I 80. II 91
59 Wilhelm Heinse: Aus Briefen, Werken, Tagebüchern (Hg. von R. Benz. Stuttgart 1958), S. 145, 187
60 vgl. Erich Hock: Dort drüben in Westfalen (1949), S. 60
61 6, 822. Brief 132 (Januar 97)

62 zur Herkunft der folgenden Zeugnisse — sofern nicht von Hölderlin — siehe Anmerkung 57
63 nach der Lesung von Adolf Beck, Hölderlin-Jahrbuch 1957, S. 44
64 zur Herkunft der beiden letzten Zeugnisse s. Anmerkung 57
65 Christian Waas: Franz Wilhelm Jung (siehe Bibliographie 5 a), S. 35. Johann Isaak Gerning 18. Juni 1811, Hs. Goethemuseum Frankfurt. ZINK. 5, 462
66 Karl Freye: Casimir Ulrich Böhlendorff (siehe Bibliographie 5a), S. 38
67 Brief 169 (An den Bruder, November 98)
68 vgl. dazu Adolf Beck 6, 1027
69 2, 114. Brief 229 (An Landauer, Februar 01)
70 Brief 227 (An die Mutter, Januar 01). Lothar Kempter: Hölderlin in Hauptwil (St. Gallen 1946), S. 45. Brief 229 (An Landauer, Februar 01)
71 Brief 229 (An Landauer, Februar 01). Brief 148 (An die Mutter, November 97)
72 2, 583. Brief 243 (An Wilmans, Dezember 03)
73 Patmos
74 HELL. 6, 352
75 Hölderlin-Jahrbuch 1950, S. 84 (die verdeutlichende Zeichensetzung stammt von mir). Zu einer Erfindung liegt in familiärer Pietät kein Grund. Daß Susette durch Landauer Hölderlins Adresse wußte, ist sicher anzunehmen. Vgl. Hölderlin-Jahrbuch 1957, S. 19
76 vgl. Paul Raabe: Der Verleger Friedrich Wilmans (siehe Bibliographie 5 a)
77 Hölderlin-Jahrbuch 1948/49 , S. 12
78 Hofprediger Breidenstein, zitiert in: Fried Lübbeke: Friedrich Hölderlin: Patmos (In: Georg Hartmann zur Vollendung seines 75. Lebensjahres. Frankfurt 1946), S. 32
79 Werner Kirchner: Das «Testament» . . . (siehe Bibliographie 5a)
80 die Lesung «Rund» ist begründet in meinem Aufsatz über Hölderlins späteste Gedichte (siehe Bibliographie 5 b), dort Anmerkung 9

Von wem ist die Rede, außer von Geld?

 Kein wirklich Einsichtiger begehrt Geld ...

... schrieb er, von dem hier die Rede ist. Er begehrte Geld nicht, er hatte es. Geboren wurde er in einer Provinzstadt in den Abruzzen, fast zur gleichen Zeit wie ein heute noch berühmter politischer Mörder. In einer Zeit der Bürgerkriege und Revolten wuchs er auf, dennoch war seine Jugend glücklich. Seine Eltern waren ausreichend begütert, um den Sohn in der Hauptstadt Rom studieren zu lassen.

«Als ganz jungen Menschen», schrieb er, «trieb es mich zunächst mit Eifer zur Politik; dort aber gab es für mich viel Widerwärtiges, denn statt Taktgefühl, Uneigennützigkeit und Tüchtigkeit herrschten Frechheit, Bestechlichkeit und Raffgier.» Als er freilich einen politischen Posten erhalten hatte, der gewöhnlich bequem und rasch zu Reichtum führte, da raffte auch er, und zwar raffte er so gewaltig, daß ihm ein Prozeß wegen Ausbeutung drohte. Immerhin: Mit diesem seinem Vermögen konnte er sich eine herrliche Villa kaufen und einen großen Park anlegen.

Zuvor jedoch war er mit weniger Fortune Offizier: Er hat nie einen Sieg errungen, ja, bei Gelegenheit hätten ihn seine eigenen meuternden Soldaten beinahe erschlagen. Sein einziger militärischer Erfolg: Er schnappte dem Feind einmal ein Vorratslager weg. Indes, seine Freundschaft zum Regenten bewährte sich: Er wurde hoher Finanzbeamter und Kolonialbeamter. Sein Reichtum und Einfluß rief Gegner auf den Plan: «Der Wohlstand – so geht's meistens in der Welt – ruft Neid hervor», schrieb er. Man bezichtigte ihn eines äußerst unsoliden Lebenswandels. Er zog sich zurück und lebte fortan als Schriftsteller und Historiker. Sein gedrängter, spröder Stil hat unter anderen auch Nietzsche beeindruckt.

Wer war's? (Alphabetische Lösung: 19–1–12–12–21–19–20)

ZEITTAFEL

1770 20. März. Johann Christian Friedrich Hölderlin als Sohn des Klosterhofmeisters Heinrich Friedrich Hölderlin und seiner Ehefrau Johanna Christiane geb. Heyn in Lauffen am Neckar geboren.

1772 Tod des Vaters im Alter von 36 Jahren.

15. August. Hölderlins Schwester Heinrike geboren, später verheiratet mit dem Klosterprofessor Christian Breunlin in Blaubeuren.

1774 Hölderlins Mutter geht eine zweite Ehe mit dem Kammerrat und Bürgermeister Gock in Nürtingen ein, wohin sie mit ihren Kindern zieht.

1776 29. Oktober. Carl Gock, Hölderlins Halbbruder, in Nürtingen geboren.

1779 8. März. Der zweite schwere Verlust trifft die Mutter: ihr zweiter Ehemann stirbt an einer Lungenentzündung. Der junge Friedrich Hölderlin besucht in diesen Jahren die Lateinschule in Nürtingen. Früh steht der Entschluß der Familie, der Sohn solle Pfarrer werden, fest.

1784 Herbst. Hölderlin wird für zwei Jahre auf die niedere Klosterschule in Denkendorf geschickt.

1786 20. Oktober. Er tritt in die höhere Klosterschule in Maulbronn ein. Freundschaft mit Immanuel Nast, Franz Karl Hiemer, Christian Ludwig Bilfinger u. a. Er lernt die Werke Klopstocks, Schubarts, Schillers sowie den «Ossian» kennen. Zahlreiche Gedichte entstehen.

1787 Hölderlin begegnet Louise Nast, der Tochter des Maulbronner Klosterverwalters. Das Verlöbnis wird im Frühjahr 1790 gelöst.

1788 2.–6. Juni. Reise von Maulbronn in die Pfalz (Bruchsal, Speyer, Schwetzingen, Heidelberg, Mannheim).

Herbst. Abgang von der Klosterschule Maulbronn.

21. Oktober. Eintritt in das Tübinger Stift.

1788/89 Beginn des Freundschafts- und Dichterbundes zwischen Hölderlin, Ludwig Neuffer und Rudolf Magenau. Höhepunkt im Jahre 1790. In Tübingen Einfluß Schillers. Die sog. Tübinger Hymnen entstehen.

1789 Bekanntschaft mit Gotthold Friedrich Stäudlin, dem «Oberpriester der schwäbischen Musen». Auch Schubart lernt Hölderlin persönlich kennen.

14. Juli. Beginn der Französischen Revolution.

1790 September. Magisterexamen in Tübingen. Hölderlin setzt dort seine Studien im Stift fort.

Herbst. Er lernt Elise Lebret kennen.

April. Kurze Reise in die Schweiz mit zwei Freunden. Besuch Lavaters in Zürich.

1791 September. In Stäudlins Musenalmanach für 1792 werden die ersten Gedichte Hölderlins veröffentlicht. Auch im folgenden Jahr liefert er Beiträge.

Neuffer und Magenau scheiden aus dem Stift aus.

10. Oktober. Christian Daniel Schubart in Stuttgart gestorben.

1792 Sommer. Begegnung mit einer Unbekannten, der «holden Gestalt».

1793 September. Entlassung aus dem Tübinger Stift.

Ende September. Der in Ludwigsburg weilende Schiller bietet Hölderlin eine Hofmeisterstelle bei Charlotte von Kalb in Waltershausen bei Jena an, die dieser annimmt.

6. Dezember. Theologisches Konsistorialexamen in Stuttgart absolviert.
20. Dezember. Abreise von Stuttgart über Nürnberg, Erlangen, Bamberg, Coburg nach Waltershausen, wo er am 28. Dezember eintrifft und seine Stellung bei Frau von Kalb übernimmt.

1794 Mai. Fichtes erste Vorlesungen in Jena. Schiller kehrt mit seiner Familie nach Jena zurück. Im Sommer Beginn der Freundschaft zwischen Schiller und Goethe.
Anfang November. Hölderlin begibt sich mit seinem Zögling, dessen Erziehung äußerst unerfreulich ist, nach Jena. Vorlesungen bei Fichte belegt. Umgang mit Schiller, dessen Gast Hölderlin in diesem Winter häufig ist. Lernt auch Goethe und Herder persönlich kennen.
Das *Fragment von Hyperion* erscheint in Schillers «Thalia».

1795 Anfang Januar. Goethes «Wilhelm Meister» erscheint. Schillers «Horen» werden herausgegeben.
16. Januar. Das Dienstverhältnis mit Charlotte von Kalb wird gelöst.
Ende März. Von Jena Exkursion nach Lützen, Halle, Dessau und Leipzig.
25. April. Tod Rosine Stäudlins, der Braut Neuffers.
Ende Mai. Flucht aus Jena. Rückkehr in die Heimat nach Nürtingen, wo Hölderlin einen unglücklichen Sommer verbringt.
28. Dezember. Ankunft in Frankfurt.

1796 Anfang Januar. Hölderlin tritt seine neue Hauslehrerstelle bei der Familie Gontard an. Liebe zu Susette Gontard, der Hausherrin.
10. Juli. Wegen des Krieges verläßt Susette mit ihren Kindern in Begleitung Hölderlins und Wilhelm Heinses Frankfurt. Reise nach Kassel, von dort nach Bad Driburg in Westfalen, wo man bis zum Oktober blieb.
September. Hölderlins väterlicher Freund Gotthold Stäudlin sucht den Tod im Rhein.

1797 Ostern. Der erste Band des *Hyperion* erscheint bei Cotta [Bd. 2 erscheint 1799].
August. Hölderlins *Wanderer* in den «Horen» veröffentlicht.
22. August. Hölderlin besucht den in Frankfurt weilenden Goethe.

1798 Mitte September. Er verläßt das Haus Gontard und siedelt, um in der Nähe Susettens zu bleiben, nach Homburg über, wo Isaac Sinclair, sein Freund, sich seiner annimmt. Arbeit am *Empedokles.* Journal-Plan [Iduna]. Philosophische Aufsätze entstehen.
November. Hölderlin begleitet Sinclair auf den Rastatter Kongreß.

1799 April bis Juli. Böhlendorff in Homburg.

1800 Anfang Juni. Heimkehr in die Heimat. Sommer und Herbst verbringt Hölderlin im Kreise der Freunde in Stuttgart.

1801 Friede von Lunéville.
Anfang Januar. Hölderlin verläßt abermals die Heimat, um in der Fremde sein Brot als Hofmeister zu verdienen. Er tritt seine Stelle bei der Familie Gonzenbach in Hauptwil bei St. Gallen an.
Anfang April. Nach dem Scheitern auch dieser Tätigkeit Rückkehr nach Nürtingen. Versuche, in Jena Vorlesungen halten zu können, gehen fehl.
Die großen Elegien und Hymnen entstehen.
10. Dezember. Hölderlin begibt sich auf seine letzte Wanderschaft, diesmal nach Frankreich.

1802 28. Januar. Nach einer gefährlichen Fußreise über die hohe Auvergne trifft Hölderlin in Bordeaux ein, wo er Hauslehrer in der Familie des Konsuls Daniel Meyer wird. Nach einigen Monaten muß er auch diesen Posten aufgeben.
Mitte Juni. Hölderlin trifft, in bedenklicher geistiger Verfassung, in Nürtingen ein.
22. Juni. Tod Susettens in Frankfurt.
Herbst. Reise nach Regensburg zum Fürstenkongreß.
1803 Lebt im mütterlichen Hause in Nürtingen.
1804 April. Die Sophokles-Übersetzung erscheint bei Friedrich Wilmans in Frankfurt.
Juni. Sinclair holt den kranken Freund nach Homburg, wo er zwei Jahre lebt.
1805 9. Mai. Tod Schillers.
1806 September. Sinclair liefert den Freund in der Autenriethschen Klinik in Tübingen ein.
1807 Der kranke Hölderlin wird in Pflege zu dem Schreinermeister Zimmer in Tübingen gegeben, wo er bis zu seinem Tode hindämmert.
1815 29. April. Tod Sinclairs in Wien.
1826 Die schwäbischen Dichter Gustav Schwab, Ludwig Uhland und Justinus Kerner sammeln die Gedichte Hölderlins zu einer ersten Ausgabe.
1828 17. Februar. Tod der Mutter.
1839 29. Juli. Der Jugendfreund Neuffer gestorben.
1843 7. Juni. Friedrich Hölderlin in Tübingen gestorben.

ZEUGNISSE

Achim von Arnim

Weder Lavater, noch Klopstock, noch irgendein Zeitgenosse Hölderlins kann als Funke seiner Flamme betrachtet werden; was ihn erleuchtet, kommt aus weiter Ferne; wir ersehen es an einigen Ausdrücken heiliger Ferne, die sich vielleicht erst spät und überraschend ihm eröffnete, daß er hier nur glauben brauchte, um zu dichten.

Ausflüge mit Hölderlin. 1828

Bettina Brentano

Ach, einen solchen wie Hölderlin, der im labyrinthischen Suchen leidenschaftlich hingerissen ist, dem müssen wir irgendwie begegnen, wenn auch wir das Göttliche verfolgen mit so reinem Heroismus wie er. – Mir sind seine Sprüche wie Orakelsprüche, die er als der Priester des Gottes im Wahnsinn ausruft, und gewiß ist alles Weltleben ihm gegenüber wahnsinnig; denn es begreift ihn nicht. Und wie ist doch das Geisteswesen jener beschaffen, die nicht wahnsinnig sich deuchten? – Ist es nicht Wahnsinn auch, aber an dem kein Gott Anteil hat?

Die Günderode. 1840

Georg Herwegh

Hölderlin! von ihm wollte ich schreiben, und das Herz pocht mir schon, wenn ich an ihn denke! – – –

Hölderlin, der eigentliche Dichter der Jugend, dem Deutschland eine große Schuld abzutragen hat, weil er an Deutschland zu Grunde gegangen ist. Aus unsern jämmerlichen Zuständen, ehe noch unsere Schmach voll wurde, hat er sich in die heilige Nacht des Wahnsinns gerettet, er, der berufen war, uns voranzuschreiten, und uns ein Schlachtlied zu singen. Ach! er hat sich umsonst gewünscht zu fallen am Opferhügel, zu bluten des Herzens Blut fürs Vaterland! Tatlos schmachtet er hin an den Ufern des heimatlichen Stromes, den er so oft verherrlicht.

Ein Verschollener. 1839

Wilhelm Dilthey

Tief unter ihm lagen das gewöhnliche sinnliche Glück und jeder äußere Ehrgeiz. Für sich selbst begehrte er nichts als ein einfaches Schicksal, um genügsam seiner Kunst leben zu können. Nur rein wollte er seine Seele halten. Aus solcher Lauterkeit seines Wesens entsprang das Seherische in ihm. In dem großen Moment unserer Literatur, in welchem unsere Dichtung ihren Höhepunkt erreichte, der Idealismus der Persönlichkeit und Freiheit die Jugend ergriff und die französische Revolution ihr Aussichten einer vollkommneren Gesellschaft eröffnete, schritt er mit seinen Freunden diesem aufgehenden Morgenlichte einer neuen Welt entgegen. Sie erwarteten eine neue höhere Menschheit und wollten sie herbeiführen. Unter den Genossen stand Hölderlin wie die Verkörperung einer reineren, harmonischeren Bildung der menschlichen Persönlichkeit.

Das Erlebnis und die Dichtung. 1905

FRIEDRICH GUNDOLF

Daß Hölderlin trotz seiner Einsamkeit sein hellenisches Ideal durchhielt, ohne Kompromiß und ohne böse oder stumpfe Verzweiflung, mutig und selig trotz der Verbannung aus seiner inneren Heimat, glühend inmitten des Frosts und der Öde, königlich und heilig trotz der deutschen Hauslehrermisère: das macht ihn zu einem unsrer heroischen Menschen. Durch seinen Ton und seine Haltung im Leben bewährte er das Recht sein Volk zu richten und Hellas zu preisen – ein Recht das wir nicht jedem Geschmäckler und Phantasten, nicht jedem Schulmeister zugestehen. Es ist das Unromantische an ihm daß er war was er sang: ein schöner und heldenhafter Mensch. Drum ist das Schicksal das ihn in die Nacht führte tragisch, aber nicht traurig und sinnlos ... Der Kontrast zwischen seiner inneren und seiner äußeren Existenz, d. h. zwischen seinem Sehertum und seinem Hauslehrertum, zwischen seiner Zeitlosigkeit und seiner Zeit, war ja zugleich seine Not und sein Trost. Unter Griechen hätte er nicht zu singen brauchen. Unter Deutschen wußte er sich den Hüter des heiligen Feuers.

Hölderlins Archipelagus. 1911

HUGO VON HOFMANNSTHAL

Einer ging im Schwunge noch über Schiller hinaus, Goethe meinte, er ginge zu weit, schwinge sich in die Leere, doch war es nicht so, es war nur ein Hinüber, ein neuer unbefahrener Ozean, sein eigenes Gemüt. Ich rede von Hölderlin und seinem «Hyperion», dem Buch der einsamen, mit dem Schicksal ringenden Seele. Es ist ganz Zartheit und Adel des Herzens, und doch ist eine Riesenkraft des deutschen Gemütes darin, die Adlerflügel ausspannt ...

Bücher für diese Welt. 1914

GUSTAV LANDAUER

Ist in Wahrheit etwas Idyllisches in Hölderlin, so ist gerade dieses Idyll das Zeichen seines Heroismus, eines Heldentums neuer, wiewohl an heilig ernste Gestalten der Antike erinnernder, nicht streitsüchtiger, wild und oberflächlich ausbrechender, sondern aushaltend-friedlicher Art. Brauchen wir Helden, die nicht zerstören und wettern, sondern bauen, ordnen und segnen, brauchen wir Helden der Liebe, so ist Hölderlin unsrer Zukunft, unsrer Gegenwart ein führender Geist.

Hölderlin in seinen Gedichten. 1916

NORBERT VON HELLINGRATH

Sein Leben steht in einem einzigen Dienst; mit der innigeren und einseitigeren leidenschaftlicheren Hingabe, wie sie die christlichen Jahrhunderte der romanischen und barocken Zeit ausgebildet haben, ist er ausschließlicher als Pindar oder Sappho, menschlicher und erfüllter als irgendein Prophet, Platoniker oder Gnostiker, ganz und gar nur Verkünder, Träger, Gefäß der Götter. Er bekleidet ein Amt, das sie ihm auferlegt haben, eine Gesandtschaft, und das ist alles, ist das Ganze: Amt, Gesandtschaft, Botschaft.

Hölderlins Wahnsinn. 1915

STEFAN GEORGE

Uns heißt es ein greifbares wunder wenn durch menschenalter nicht beachtet oder nur als zarter erträumer von vergangenheiten plötzlich der große Seher für sein volk ins licht tritt. Das sibyllinische buch lang in den truhen verschlossen weil niemand es lesen konnte wird nun der allgemeinheit zugeführt und den erstaunten blicken eröffnet sich eine unbekannte welt des geheimnisses und der verkündung. Mag dies gefahr sein so bleibt doch der trost daß auch fürder unfaßbar was nicht erfühlbar ist und daß beim nahen des schicksal-augenblicks das fromme schweigen gebrochen werden darf...

Durch aufbrechung und zusammenballung ist er der verjünger der sprache und damit der verjünger der seele. Mit seinen eindeutig unzerlegbaren wahrsagungen der eckstein der nächsten deutschen zukunft und der rufer des Neuen Gottes.

Blätter für die Kunst. 1919

HERMANN HESSE

Es war nicht nur die Ekstatik seiner flammenden Hymnen, welche in der Revolutionszeit gelegentlich etwas Manifestartiges gewannen; es war vor allem die Person des Dichters, der Hauch von echter Geistigkeit und adligem Übermenschentums, was in dieser Zeit einer tiefen Korruption und eines hoffnungslosen Verkauftseins an materielle Nöte so tief wirkte. Denn Hölderlin ist nicht nur ein Dichter, und sein Werk und Wesen ist mit dem seines geschriebenen Werkes nicht identisch, er ist mehr, er ist der Vertreter eines heldischen Typus.

Betrachtungen. 1928

Max Kommerell

Wenn Hölderlin sein Fremdes und Neues: die heroische Lage der Gefühle, im Stoff der Sprache ausdrückte und in ihr seinem Sehertume eine erste Wirklichkeit gab, zu der das Jahrhundert nicht mehr die Bestandteile lieferte, so scheint er hiemit die Grenze auch der freiesten Selbsttätigkeit erreicht zu haben. Allein sowie er sich einmal von der Trauer um Unwiederbringliches zum Wissen um das sich Vorbereitende gewandt hat, wird er so heimisch so unbegreiflich sicher in der nur ihm faßbaren Zukunftswelt, daß er die nächsten Stufen des Werdens überspringend sich auf der letzten festlichsten umsieht – es ist die kühnste seiner Vorwegnahmen und sein schönstes Gesicht: das erwachte Volk.

Der Dichter als Führer in der deutschen Klassik. 1928

Josef Weinheber

Wir ehren und verehren in Hölderlin den größten Sprachgenius unseres Volkes. Und wie anders könnten wir rühmlicher seiner gedenken, als daß wir seiner Sprache, als des lebendig gebliebenen Ausdrucks seiner Seinsgewalt, nachfolgten?

Anmerkung zur Erscheinung Hölderlins. 1940

HÖLDERLINS ERSTE BIOGRAPHEN

Christoph Theodor Schwab (1821–1883). Photographie

Wilhelm Waiblinger (1804–1830). Selbstbildnis (Federzeichnung)

BIBLIOGRAPHIE

Die vorliegende Bibliographie kann nicht mehr bieten als einen ersten Überblick über das wichtigste Schrifttum. Da eine ausgezeichnete Hölderlin-Bibliographie erscheint und fortgeführt wird, kann auf sie zum weiteren Studium verwiesen werden. Die dokumentarische und biographische Literatur wird, entsprechend dem Charakter der bisherigen Bibliographien in «rowohlts monographien», besonders berücksichtigt.

1. Wissenschaftliches Hilfsmittel

Seebass, Friedrich: Hölderlin-Bibliographie. München 1922 (Einzelschriften zur Bücher- und Handschriftenkunde. 3)

Kohler, Maria und Alfred Kelletat: Hölderlin-Bibliographie 1938 bis 1950. Stuttgart 1953 (Veröffentlichungen des Hölderlin-Archivs. 1) — Fortgef. im Hölderlin-Jahrbuch: für die Jahre 1951—1955 in Bd. 9 (1955/1956), S. 262—313; für 1956—1958 in Bd. 11 (1958—1960), S. 239—283

Hölderlin. Gedenkschrift zu seinem 100. Todestag. Hg. von Paul Kluckhohn. Tübingen 1943

Iduna. Jahrbuch der Hölderlin-Gesellschaft. Hg. von Friedrich Beissner und Paul Kluckhohn. Jg. 1. Tübingen 1944 — Fortgeführt als Hölderlin-Jahrbuch. Bd. 2 ff. Tübingen 1947 ff. — Zuletzt erschienen: Bd. 13 (1963/64)

Grolman, Adolf von: Die gegenwärtige Lage der Hölderlin-Literatur. Eine Problem- und Literaturschau. (1920—1925) In: Deutsche Vierteljahrsschr. für Literaturwissenschaft und Geistesgeschichte 4 (1926), S. 564—594

Grolman, Adolf von: Das Hölderlin-Bild der Gegenwart. In: Jahrbuch des Freien Deutschen Hochstifts 1929, S. 59—98

Hoffmeister, Johannes: Die Hölderlinliteratur von 1926—1933. In: Deutsche Vierteljahrsschrift ... 12 (1934), S. 613—645

Burger, Heinz Otto: Die Entwicklung des Hölderlinbildes seit 1933. In: Deutsche Vierteljahrsschrift ... 18 (1940), Referatenheft, S. 101—122

Beck, Adolf: Das Hölderlinbild in der Forschung von 1939 bis 1944. In: Iduna 1944, S. 203—225; Hölderlin-Jahrbuch 1947, S. 190—227 — Fortgef. für die Jahre 1945—1947, 1947—1948, 1948—1951 in: Hölderlin-Jahrbuch 1948/49, S. 221—240; 1950, S. 147—175; 1952, S. 126—154

Staiger, Emil: Hölderlin-Forschung während des Krieges. In: Trivium 4 (1946), S. 202—219

Burger, Heinz Otto: Die Hölderlin-Forschung der Jahre 1940—1955. In: Deutsche Vierteljahrsschrift ... 30 (1956), S. 329—366

2. *Werke*

a) Erstausgaben

Hyperion oder der Eremit in Griechenland. Von Friedrich Hölderlin. Bd. 1 und 2. Tübingen: Cotta 1797–1799

Die Trauerspiele des Sophokles. Übersetzt von Friedrich Hölderlin. Bd. 1. Frankfurt a. M.: Wilmans 1804

Gedichte. Von Friedrich Hölderlin. Stuttgart und Tübingen: Cotta 1826

b) Werkausgaben

Sämtliche Werke. Hg. von CHRISTOPH THEODOR SCHWAB. 2 Bde. Stuttgart und Tübingen 1846

GESAMMELTE DICHTUNGEN. Neu durchges. und verm. Ausg. Mit biogr. Einl. hg. von BERTHOLD LITZMANN. 2 Bde. Stuttgart [1897] (Bibliothek der Weltliteratur)

Gesammelte Werke. Hg. von WILHELM BÖHM (Bd. 2 von PAUL ERNST). 3 Bde. Jena 1905 – 4. Aufl. 5 Bde. 1924

Werke in 4 Teilen. Hg. mit Einl. und Anm. von MARIE JOACHIMI-DEGE. Berlin [1909] (Bongs goldene Klassiker-Bibliothek)

Sämtliche Werke. Historisch-kritische Ausg. Unter Mitarb. von FRIEDRICH SEEBASS bes. von NORBERT VON HELLINGRATH (Bd. 2, 3, 6: begonnen durch NORBERT VON HELLINGRATH, fortgef. durch FRIEDRICH SEEBASS und LUDWIG VON PIGENOT). 6 Bde. München 1913–1923 – 3. Aufl. Bd. 1–4. 1943

Sämtliche Werke und Briefe. Kritisch-historische Ausg. von FRANZ ZINKERNAGEL. Bd. 1–5. Leipzig 1913–1926

Sämtliche Werke. (Große Stuttgarter Ausgabe) Hg. von FRIEDRICH BEISSNER. Bd. 1 ff. Stuttgart 1943 ff. – Bd. 1, 1. und 2. Hälfte. Gedichte bis 1800. 1943. – 2, 1. und 2. Hälfte. Gedichte nach 1800. 1951. – 3 Hyperion. 1957. – 4 in Vorb. – 5 Übersetzungen. 1952. – 6, 1. und 2. Hälfte. Briefe. Hg. von ADOLF BECK. 1954–1958. – Bd. 7 und 8 in Vorb.

Sämtliche Werke (Kleine Stuttgarter Ausgabe) Hg. von FRIEDRICH BEISSNER. Bd. 1 ff. Stuttgart 1944 ff.

Friedrich Hölderlin. Hg. und eingel. von ERNST MÜLLER. Stuttgart 1948

c) Nachtragsveröffentlichungen

Neuaufgefundene Jugendarbeiten. Mitget. von WALTER BETZENDÖRFER und THEODOR HAERING. Nürnberg 1921

Friedensfeier. Hg. und erl. von FRIEDRICH BEISSNER. Stuttgart 1954 (Bibliotheca Bodmeriana. 4)

Friedensfeier. Lichtdrucke der Reinschrift und ihrer Vorstufen. Hg. von WOLFGANG BINDER und ALFRED KELLETAT. Tübingen 1959 (Schriften der Hölderlin-Gesellschaft. 2)

LITZMANN, CARL C. TH.: Friedrich Hölderlins Leben. In Briefen von und an Hölderlin. Berlin 1890

Ausgewählte Briefe. Hg. von WILHELM BÖHM. Jena 1910

Gesammelte Briefe. Eingel. von ERNST BERTRAM. Leipzig 1935

Briefe. Hg. von ADOLF BECK. 1. und 2. Hälfte: Text; Lesarten und Erläuterungen. Stuttgart 1954–1958 (Hölderlin, Sämtliche Werke. Große Stuttgarter Ausg. Bd. 6)

Die Briefe der Diotima. Veröffentlicht von FRIDA ARNOLD. Hg. von CARL VIETOR. Leipzig 1921

Hölderlin und Diotima. Dichtungen und Briefe der Liebe. Hg. von RUDOLF IBEL. Hamburg 1948 — Neuausg. Zürich 1957

Die Briefe an Hölderlin und die zeitgenössischen Zeugnisse über ihn werden als Bd. 7 innerhalb der Großen Stuttgarter Ausgabe von ADOLF BECK vorbereitet. Im folgenden werden einige wichtige Dokumente über Hölderlin zusammengestellt:

WAIBLINGER, WILHELM: Friedrich Hölderlins Leben, Dichtung und Wahnsinn. In: Zeitgenossen 3, III (1831), S. 161–189 — Neuausgabe u. a. hg. von ADOLF BECK. Marbach 1951 (Turmhahn-Bücherei. 8/9)

JÜGEL, CARL: Das Puppenhaus, ein Erbstück der Gontardschen Familie. Bruchstücke aus den Erinnerungen und Familienpapieren eines Siebenzigers. Frankfurt a. M. 1857

BÖHM, WILHELM: Hölderlin. Aus Gustav Schlesiers Nachlaß. In: Deutsche Rundschau 196 (1923), S. 65–84; 177–197

Die Briefe Charlottens von Kalb an Schiller. Mitget. von JULIUS PETERSEN. In: Jahrbuch der Goethe-Gesellschaft 12 (1926), S. 104–168

STRAUSS, LUDWIG: Jacob Zwilling und sein Nachlaß. In: Euphorion 29 (1928), S. 368–396

Aus dem Nachlaß Johann Gottfried Ebels. Mitget. von LUDWIG STRAUSS. In: Euphorion 32 (1931), S. 353–393

BECK, ADOLF: Aus der Umwelt des jungen Hölderlin. Stamm- und Tagebucheinträge. In: Hölderlin-Jahrbuch 1947, S. 18–46

BECK, ADOLF: Aus den letzten Lebensjahren Hölderlins. Neue Dokumente. In: Hölderlin-Jahrbuch 1948/49, S. 15–47; 1950, S. 96 f

Das Testament der Mutter Hölderlins. Mitget. von ADOLF BECK. In: Imprimatur 12 (1954/55), Beilage

BECK, ADOLF: Diotima und ihr Haus. In: Hölderlin-Jahrbuch 1955/56, S. 110–173; 1957, 1–45

GÜNTTER, OTTO: Die Bildnisse Hölderlins. Mit Nachbildungen einer Handschrift und Bildnissen aus seinem Verwandten- und Freundeskreise. Stuttgart 1928 (Veröffentlichungen des Schwäbischen Schillervereins. 12)

Hölderlin. Bilder aus seinem Leben. (Hg. von PAUL WANNER) Stuttgart 1951

JUNG, ALEXANDER: Friedrich Hölderlin und seine Werke. Mit besonderer Beziehung auf die Gegenwart. Stuttgart und Tübingen 1848
WOHLWILL, ADOLF: Hölderlin. In: Allgemeine deutsche Biographie. Bd. 12. Berlin 1880. S. 728 ff.
LITZMANN, CARL C. TH.: Friedrich Hölderlins Leben. In Briefen von und an Hölderlin. Berlin 1890
MÜLLER-RASTATT, CARL: Friedrich Hölderlin. Sein Leben und seine Werke. Bremen 1894
BETHGE, HANS: Hölderlin. Berlin und Leipzig 1905. (Die Dichtung. 6)
DILTHEY, WILHELM: Das Erlebnis und die Dichtung. Lessing, Goethe, Novalis, Hölderlin. Göttingen 1906 — 12. Aufl. 1950
MICHEL, WILHELM: Friedrich Hölderlin. München 1912
PIGENOT, LUDWIG VON: Hölderlin. Das Wesen und die Schau. Ein Versuch. München 1923
BRANDENBURG, HANS: Friedrich Hölderlin. Sein Leben und sein Werk. Leipzig 1924
MICHEL, WILHELM: Friedrich Hölderlin. Weimar 1925 [Sammlung von Aufsätzen.]
BÖHM, WILHELM: Hölderlin. 2 Bde. Halle 1928—1930
KOMMERELL, MAX: Der Dichter als Führer in der deutschen Klassik. Klopstock, Herder, Goethe, Schiller, Jean Paul, Hölderlin. Berlin 1928
BÖCKMANN, PAUL: Hölderlin und seine Götter. München 1935
WIEGLER, PAUL: Friedrich Hölderlin. In: Die großen Deutschen. Bd. 2. Berlin 1935. S. 357—374
BERTAUX, PIERRE: Hölderlin. Essai de biographie interieure. Paris 1936
FISCHER, E. KURT: Hölderlin. Sein Leben in Selbstzeugnissen, Briefen und Berichten. Berlin 1938
PEACOCK, RONALD: Hölderlin. London 1938
GUARDINI, ROMANO: Hölderlin. Weltbild und Frömmigkeit. Leipzig 1939 — 2. Aufl. München 1955
HILDEBRANDT, KURT: Hölderlin. Philosophie und Dichtung. Stuttgart 1939
MICHEL, WILHELM: Das Leben Friedrich Hölderlins. Bremen 1940 — 9.—11. Tsd. 1949
MÜLLER, ERNST: Hölderlin. Studien zur Geschichte seines Geistes. Stuttgart 1944
BÖCKMANN, PAUL: Hölderlin. Drei Reden. Stuttgart 1944
BOTTACCHIARI, RODOLFO: Hölderlin. Roma 1945
QUINTELA, PAULO: A vida e a poesia de Hölderlin. Coimbra 1947
PRZYWARA, ERICH: Hölderlin. Nürnberg 1949
PELLEGRINI, ALESSANDRO: Hölderlin. Storia della critica. Firenze 1956 — Dt.: Friedrich Hölderlin. Sein Bild in der Forschung. Berlin 1965

5. Untersuchungen

a) Zur Persönlichkeit und Biographie

Klaiber, Julius: Hölderlin, Hegel und Schelling in ihren schwäbischen Jugendjahren. Stuttgart 1877

Kelchner, Ernst: Friedrich Hölderlin in seinen Beziehungen zu Homburg vor der Höhe. Homburg 1883

Beachtold, Jakob: Hölderlin in der Schweiz. In: Vierteljahrsschrift für Literaturgeschichte 1 (1888), S. 270—273

Lange, Wilhelm: Hölderlin. Eine Pathographie. Stuttgart 1909

Freye, Karl: Casimir Ulrich Böhlendorff, der Freund Herbarts und Hölderlins. Langensalza 1913 (Pädagogisches Magazin. 547)

Seebass, Friedrich: Neues aus Hölderlins Studentenzeit in Tübingen. In: Zeitschrift für Bücherfreunde 8, II (1917), S. 302—304

Seebass, Friedrich: Zur Entstehungsgeschichte der ersten Sammlung von Hölderlins Gedichten. In: 23. Rechenschaftsbericht des Schwäbischen Schillervereins 1919, S. 13—48

Hengsberger, Käthe: Isaac von Sinclair, der Freund Hölderlins. Berlin 1920 (Germanische Studien. 5)

Vietor, Carl: Hölderlin und Diotima. In: Preußische Jahrbücher 182 (1920) S. 298 ff

Betzendörfer, Walter: Hölderlins Studienjahre im Tübinger Stift. Heilbronn 1922

Vietor, Carl: Zur Geschichte der ersten Hölderlin-Ausgaben. In: Deutsche Rundschau 191 (1922), S. 57 68; 178 188

Waas, Christian: Siegfried Schmid aus Friedberg in der Wetterau, der Freund Hölderlins. Darmstadt 1928

Bauer, Willy: Christian Ludwig Neuffer. Diss. Heidelberg 1931

Böhm, Wilhelm: Hölderlin und die Schweiz. Frauenfeld 1935 (Die Schweiz im deutschen Geistesleben. 81)

Treichler, Rudolf: Die seelische Erkrankung Friedrich Hölderlins in ihren Beziehungen zu seinem dichterischen Schaffen. In: Zeitschrift für die gesamte Neurologie 1936, S. 40—144

Siegmund-Schultze, Friedrich: Der junge Hölderlin. Analytischer Versuch über sein Leben und Dichten bis zum Schluß des ersten Tübinger Jahres. Breslau 1939

Müller, Ernst: Heinrich Friedrich Hölderlin, Vater des Dichters. In: Zeitschrift für württembergische Landesgeschichte 6 (1942), S. 414–473

Kempter, Lothar: Hölderlin in Hauptwil. St. Gallen 1946

Hock, Erich: Dort drüben in Westfalen. Hölderlins Reise nach Bad Driburg mit Wilhelm Heinse und Diotima. Münster 1949

Kirchner, Werner: Der Hochverratsprozeß gegen Sinclair. Ein Beitrag zum Leben Hölderlins. Marburg 1949 (Literatur und Leben. NF. 2)

Steinmetz, E. G.: Hölderlin in Homburg. Neue Beiträge zum Lebensbild des Dichters. In: Mitteilungen des Vereins für Geschichte und Landeskunde zu Bad Homburg 20 (1950), S. 5—67

BECK, ADOLF: Vorarbeiten zu einer künftigen Hölderlin-Biographie. In: Hölderlin-Jahrbuch 1950, S. 72—96; 1951, S. 50—67
BECK, ADOLF: Hölderlin und das Stift im November 1789. In: Wilhelm Hoffmann zum 50. Geburtstag. Stuttgart 1951. S. 18—33
KIRCHNER, WERNER: Das «Testament» der Prinzessin Auguste von Hessen-Homburg. In: Hölderlin-Jahrbuch 1951, S. 68—120
KOSCHLIG, MANFRED: Goethes Anteil an der Sophokles-Rezension des jungen Voss. In: Goethe 13 (1951), S. 218—229
NIETHAMMER, HERMAN: Des Seminaristen Friedrich Hölderlin Reise von Maulbronn nach der Pfalz. In: Tübinger Blätter 38 (1958), S. 24—34
BECK, ADOLF: «Die holde Gestalt». Zur biographischen Erläuterung zweier Briefe Hölderlins. In: Hölderlin-Jahrbuch 1953, S. 54—62
KIRCHNER, WERNER: Franz Wilhelm Jungs Exemplar des «Hyperion». In: Hölderlin-Jahrbuch 1954, S. 79—92
LARGIADÈR, ANTON: Hölderlin und der Pfarramtskandidat Wilhelm Schinz. In: Zürcher Taschenbuch auf das Jahr 1955, S. 99—104
BECK, ADOLF: Die Gesellschafterin Charlottens von Kalb. Eine Episode im Leben Hölderlins. In: Hölderlin-Jahrbuch 1957, S. 46—66
RAABE, PAUL: Die Briefe Hölderlins. Diss. Hamburg 1957
RAABE, PAUL: Der Verleger Friedrich Wilmans. In: Bremisches Jahrbuch 45 (1957), S. 79—162
HAENSEL, CARL: Frankfurter Ballade. Diotima zwischen Gontard und Hölderlin. Heidelberg 1964

b) Zum Werk

PETZOLD, EMIL: Hölderlins Brod und Wein. Ein exegetischer Versuch. Programm Sambor 1895/96; 1896/97
ZINKERNAGEL, FRANZ: Die Entwicklungsgeschichte von Hölderlins Hyperion. Straßburg 1907
GUNDOLF, FRIEDRICH: Hölderlins Archipelagus. Heidelberg 1911
HELLINGRATH, NORBERT VON: Pindarübertragungen Hölderlins. Prolegomena zu einer Erstausgabe. Diss. München 1910
LANDAUER, GUSTAV: Friedrich Hölderlin in seinen Gedichten. In: Die weißen Blätter 3, II (1916), S. 183—213 — Wiederabdruck in: Landauer, Der werdende Mensch. Potsdam 1921. S. 155—188
CASSIRER, ERNST: Hölderlin und der deutsche Idealismus. In: Cassirer, Idee und Gestalt. Berlin 1920. S. 109—152
HELLINGRATH, NORBERT VON: Hölderlin. Zwei Vorträge. München 1921
VIETOR, CARL: Die Lyrik Hölderlins. Frankfurt 1921
LEHMANN, EMIL: Hölderlins Lyrik. Stuttgart 1922
ERDMANN, VERONIKA: Hölderlins ästhetische Theorie im Zusammenhang seiner Weltanschauung. Jena 1923 (Jenaer germanistische Forschungen. 2)
MICHEL, WILHELM: Hölderlins abendländische Wendung. Jena 1923
LEHMANN, EMIL: Hölderlins Idylle «Emilie vor ihrem Brauttag». Reichenberg 1925 (Prager deutsche Studien. 35)
KEMPTER, LOTHAR: Hölderlin und die Mythologie. Horgen 1929 (Wege zur Dichtung. 6)

HOFFMEISTER, JOHANNES: Hölderlin und Hegel. Tübingen 1931 (Philosophie und Geschichte. 30)

BERTALLOT, HANS-WERNER: Hölderlin — Nietzsche. Untersuchungen zum hymnischen Stil in Prosa und Vers. Berlin 1933 (Germanische Studien. 141)

BEISSNER, FRIEDRICH: Hölderlins Übersetzungen aus dem Griechischen. Stuttgart 1933 — 2. Aufl. 1961

STRAUSS, LUDWIG: Das Problem der Gemeinschaft in Hölderlins Hyperion. Leipzig 1933 (Von deutscher Poeterey. 15)

HELLINGRATH, NORBERT VON: Hölderlin-Vermächtnis. Eingel. von Ludwig von Pingenot. München 1936

LACHMANN, EDUARD: Hölderlins Hymnen in freien Strophen. Eine metrische Untersuchung. Frankfurt a. M. 1937

SECKEL, DIETRICH: Hölderlins Sprachrhythmus. Leipzig 1937 (Palaestra. 207)

STOELZEL, ELISABETH: Hölderlin in Tübingen und die Anfänge seines Hyperion. Diss. Kiel 1938

ALLGÖWER, WALTHER: Gemeinschaft, Vaterland und Staat im Werke Hölderlins. Diss. Basel 1939

OTTO, WALTER F.: Der griechische Göttermythos bei Goethe und Hölderlin. Berlin 1939

HOFFMEISTER, JOHANNES: Hölderlin und die Philosophie. Leipzig 1942

HÜBSCHER, ARTHUR: Hölderlins späte Hymnen. Deutung und Textgestaltung. München 1942

GOTTSCHALK, HANS: Das Mythische in der Dichtung Hölderlins. Stuttgart 1943

MICHEL, WILHELM: Hölderlins Wiederkunft. Wien 1943 [Sammlung von Aufsätzen.]

REHM, WALTHER: Tiefe und Abgrund in Hölderlins Dichtung. In: Hölderlin. Gedenkschrift. Tübingen 1943. S. 70—133

GUARDINI, ROMANO: Form und Sinn der Landschaft in den Dichtungen Hölderlins. Tübingen 1946

HEIDEGGER, MARTIN: Erläuterungen zu Hölderlins Dichtung. Frankfurt a. M. 1944 — 2. Aufl. 1951

KILLY, WALTHER: Bild und Mythos in Hölderlins Gedichten. Diss. Tübingen 1947

REHM, WALTHER: Brentano und Hölderlin. In: Hölderlin-Jahrbuch 1947, S. 127—178

WENTZLAFF-EGGEBERT, FRIEDRICH WILHELM: Die Erfahrung von Ursprung und Schicksal in Hölderlins Lyrik. In: Hölderlin-Jahrbuch 1947, S. 90—126

BINDER, WOLFGANG: Abschied und Wiederfinden. Hölderlins dichterische Gestaltung des Abschieds von Diotima. In: Festschrift Paul Kluckhohn und Hermann Schneider. Tübingen 1948. S. 317—344

HÄNY, ARTHUR: Hölderlins Titanenmythos. Zürich 1948 (Zürcher Beiträge zur deutschen Literatur- und Geistesgeschichte. 2)

SCHADEWALDT, WOLFGANG: Hölderlin und Homer. In: Hölderlin-Jahrbuch 1950, S. 2—27; 1953, S. 1—53

LACHMANN, EDUARD: Hölderlins Christus-Hymnen. Text und Auslegung. Wien 1951

HESSELHAUS, CLEMENS: Hölderlins idea vitae. In: Hölderlin-Jahrbuch 1952, S. 17—52
SCHADEWALDT, WOLFGANG: Das Bild der exzentrischen Bahn bei Hölderlin. In: Hölderlin-Jahrbuch 1952, S. 1—16
STOLL, ROBERT THOMAS: Hölderlins Christushymnen. Basel 1952
ALLEMANN, BEDA: Hölderlin und Heidegger. Zürich 1954
BINDER, WOLFGANG: Sinn und Gestalt der Heimat in Hölderlins Dichtung. In: Hölderlin-Jahrbuch 1954, S. 46—78
HOF, WALTER: Hölderlins Stil als Ausdruck seiner geistigen Welt. Meisenheim 1954
ISBERG, JÜRGEN: Hölderlin in Homburg 1798—1800. Das Werk und der Wandel des Weltbildes. Diss. Hamburg 1954
ALLEMANN, BEDA: Hölderlins Friedensfeier. Pfullingen 1955
BEISSNER, FRIEDRICH: Der Streit um Hölderlins Friedensfeier. In: Sinn und Form 7 (1955), S. 621—653
BINDER, WOLFGANG: Dichtung und Zeit in Hölderlins Werk. Diss. Tübingen 1955
BINDER, WOLFGANG: Sprache und Wirklichkeit in Hölderlins Dichtung. In: Hölderlin-Jahrbuch 1955/56, S. 183—200
HÖTZER, ULRICH: Die Gestalt des Herakles in Hölderlins Dichtung. Freiheit und Bindung. Stuttgart 1956
KERÉNYI, KARL: Vergil und Hölderlin. Zürich 1957
CORNELISSEN, MARIA: Hölderlins Ode «Chiron». Tübingen 1958
SCHMIDLIN, GUIDO: Hölderlins Ode: Dichterberuf. Eine Interpretation. Bern 1958
HÄUSSERMANN, ULRICH: Friedensfeier. Eine Einführung in Hölderlins Christushymnen. München 1959
RYAN, LAWRENCE J.: Hölderlins Lehre vom Wandel der Töne. Stuttgart 1960
HEIDEGGER, MARTIN: Hölderlins Himmel und Erde. In: Hölderlin-Jahrbuch 1959—1960, S. 17—39
HÄUSSERMANN, ULRICH: Hölderlins späteste Gedichte. In: Germanisch-Romanische Monatsschrift XLIII (1961), S. 99—117
ROSTEUTSCHER, J. H. W.: Hölderlin, der Künder der Großen Natur. Bern 1962
BOER, WOLFGANG DE: Hölderlins Deutung des Daseins. Zum Normproblem des Menschen. Frankfurt a. M.—Bonn 1961
BÖSCHENSTEIN, BERNHARD: Konkordanz zu Hölderlins Gedichten nach 1800. Göttingen—Zürich 1964
RYAN, LAWRENCE: Friedrich Hölderlin. Stuttgart 1962 (Sammlung Metzler)
HÖLSCHER, UVO: Empedokles und Hölderlin. Eine Studie. Frankfurt a. M. 1965
BENNHOLDT-THOMSEN, ANKE: Stern und Blume. Untersuchungen zur Sprachauffassung Hölderlins. Bonn 1966 (Abhandlungen zur Kunst-, Musik- und Literaturwissenschaft. 39)

6. Zur Wirkungsgeschichte

BARTISCHER, WERNER: Hölderlin und die deutsche Nation. Versuch einer Wirkungsgeschichte Hölderlins. Berlin 1942 (Neue deutsche Forschungen. 309)

KLUCKHOHN, PAUL: Hölderlin im Bilde der Nachwelt. In: Iduna 1944, S. 1–12

KANZOG, KURT: Hölderlin im Urteil seiner Zeit. Ein Beitrag zur Wirkungsgeschichte. Diss. Leipzig 1957

SEEBASS, FRIEDRICH: Der frühe Hölderlin im Urteil der Zeitgenossen. In: Preußische Jahrbücher 186 (1921), S. 348–373

SEEBASS, FRIEDRICH: Hölderlins Spätdichtungen in der zeitgenössischen Kritik. In: Zeitschrift für Bücherfreunde

SEEBASS, FRIEDRICH: Hölderlins Sophokles-Übertragungen in der zeitgenössischen Kritik. In: Philologus 77 (1921), S. 413–421

SALIN, EDGAR: Hölderlin im George-Kreis. Düsseldorf 1950

SINGER, HERBERT: Rilke und Hölderlin. Köln 1957 (Literatur und Leben. NF. 3)

BÖCKMANN, PAUL (Hg.): Hymnische Dichtung im Umkreis Hölderlins. Eine Anthologie. Tübingen 1965 (Schriften der Hölderlin-Gesellschaft. 4)

NACHTRAG

1. Bibliographische Hilfsmittel

WIESMANN, LOUIS: Neuerscheinungen über Hölderlin. In: Wirkendes Wort 25 (1975), S. 152–155

2. Werke

Sämtliche Werke. Große Stuttgarter Ausg. Bd. 4: Tod des Empedokles. Aufsätze. Hälfte 1 u. 2. 1961 – Bd. 7: Dokumente T. 1–4. 1968–1977

Sämtliche Werke. (Frankfurter Ausg.) Krit. hist. Ausg. hg. v. DIETRICH E. SATTLER. Bd. 2: Lieder u. Hymnen. 1978 – Bd. 3: Einzelformen 1977 – Bd. 6: Elegien u. Epigramme 1976 – Bd. 14: Entwürfe zur Poetik 1979

3. Gesamtdarstellungen, Würdigungen, Biographien

KIRCHNER, WERNER: Hölderlin. Aufsätze zu seiner Homburger Zeit. Hg. von ALFRED KELLETAT. Göttingen 1967 (Kleine Vandenhoeck-Reihe. 255/257)

Dichter über Hölderlin. Hg. von JOCHEN SCHMIDT. Frankfurt a. M. 1969 (Insel-Bücherei. 939)

Hölderlin. Eine Chronik in Text und Bild. Hg. von ADOLF BECK und PAUL RAABE. Frankfurt a. M. 1970 (Schriften der Hölderlin-Gesellschaft. 6/7)

Hölderlin ohne Mythos. Hg. von INGRID RIEDEL. Göttingen 1973 (Kleine Vandenhoeck-Reihe. 356–358)
HEUSCHELE, OTTO: Hölderlins Freundeskreis: ein Essay. Stuttgart 1975
HÄRTLING, PETER: Hölderlin. Darmstadt 1976
WOLF, GERHARD: Der arme Hölderlin. Stuttgart 1976
BERTAUX, PIERRE: Friedrich Hölderlin, Frankfurt a. M. 1978
MIETH, GÜNTHER: Friedrich Hölderlin: Dichter der bürgerl.-demokrat. Revolution. Berlin 1978
Hölderlin: ständige Ausstellung d. Schiller-Nationalmuseums u. d. Dt. Literaturarchivs Marbach a. Neckar. Katalog u. Ausst. WERNER VOLKE u. HEIDI WESTHOFF. Marbach 1980 (Marbacher Kataloge. 33)
BEESE, MARIANNE: Friedrich Hölderlin. Leipzig 1981
SATTLER, DIETRICH E.: Friedrich Hölderlin, 144 fliegende Briefe. Bd. 1–2. Darmstadt 1981
SCHUMANN, GERHARD: Hölderlin – Dank und Bekenntnis. München 1981 (Deutsche Akad. f. Bildung u. Kultur, H. 2)
PETERS, UWE HENRIK: Hölderlin. Wider die These vom edlen Simulanten. Reinbek 1982 (das neue buch rowohlt. 164)

4. Untersuchungen

KONRAD, MICHAEL: Hölderlins Philosophie im Grundriß. Analyt.-krit. Kommentar zu Hölderlins Aufsatzfragment «Über die Verfahrensweise des poetischen Geistes». Bonn 1967 (Abhandlungen zur Philosophie, Psychologie u. Pädagogik. 37)
SCHUHMACHER, GERHARD: Geschichte und Möglichkeiten der Vertonung von Dichtungen Friedrich Hölderlins. Regensburg 1976 (Forschungsbeiträge zur Musikwissenschaft. 18)
SZONDI, PETER: Hölderlin-Studien. Frankfurt a. M. 1967
WOEHRMANN, KLAUS RÜDIGER: Hölderlins Wille zur Tragödie. München 1967
EPPELSHEIMER, RUDOLF: Mimesis und imitatio Christi bei Loerke, Däubler, Morgenstern, Hölderlin. Bern–München 1968
LUEDERS, DETLEV: Die Welt im verringerten Maßstab. Hölderlin-Studien. Tübingen 1968
SCHMIDT, JOCHEN: Hölderlins Elegie «Brod und Wein» ... Berlin 1968 (Quellen u. Forschungen zur Sprach- u. Kulturgeschichte der germanischen Völker. 150, NF 26)
BEISSNER, FRIEDRICH: Hölderlins Götter. Stuttgart–Berlin [u. a.] 1969
BERTAUX, PIERRE: Hölderlin und die Französische Revolution. Frankfurt a. M. 1969 (Edition Suhrkamp. 344)
KUDSZUS, WINFRIED: Sprachverlust u. Sinnwandel. Zur späten und spätesten Lyrik Hölderlins. Stuttgart 1969 (Germanistische Abhandlungen. 28)
ZUBERBÜHLER, ROLF: Hölderlins Erneuerung der Sprache aus ihren etymologischen Ursprüngen. Berlin 1969 (Philologische Studien und Quellen. 46)
BINDER, WOLFGANG: Hölderlin-Aufsätze. Frankfurt a. M. 1970.
Über Hölderlin. Aufsätze von ... Hg. von JOCHEN SCHMIDT. Frankfurt a. M. 1970

Thürmer, Wilfried: Zur poetischen Verfahrensweise in der späteren Lyrik Hölderlins. Marburg 1970 (Marburger Beiträge zur Germanistik. 34)
Aspetsberger, Friedbert: Welteinheit und epische Gestaltung. Studien zur Ichform von Hölderlins Roman «Hyperion». München 1971 (Zur Erkenntnis der Dichtung. 10)
Hegel, Hannelore: Isaak von Sinclair zwischen Fichte, Hölderlin und Hegel. Frankfurt a. M. 1971 (Philosophische Abhandlungen. 37)
Buhr, Gerhard: Hölderlins Mythenbegriff. Eine Unters. zu den Fragmenten «Über Religion» und «Das Werden im Vergehen». Frankfurt a. M. 1972 (Gegenwart der Dichtung. 2)
Ganzer, Holle: Hölderlins Ode «Chiron». Diss. F. U. Berlin 1972
Hempelmann, Gernot: Dichtung und Denkverzicht., Hölderlin als Tragiker. Hamburg 1972 (Geistes- u. sozialwiss. Dissertationen. 22)
Lepper, Gisbert: Friedrich Hölderlin: Geschichtserfahrung und Utopie in seiner Lyrik. Hildesheim 1972
Mahr, Johann: Mythos und Politik in Hölderlins Rheinhymne. München 1972
Gerlach, Ingeborg: Natur und Geschichte. Studien zur Geschichtsauffassung in Hölderlins «Hyperion» und «Empedokles». Frankfurt a. M. 1973
Gilby, William: Das Bild des Feuers bei Hölderlin. Bonn 1973 (Abhandlungen zur Kunst-, Musik- u. Literaturwissenschaft. 137)
Soering, Jürgen: Die Dialektik der Rechtfertigung. Überl. zu Hölderlins Empedokles-Projekt. Frankfurt a. M. 1973 (Literatur u. Reflexion. 11)
Bartsch, Kurt: Die Hölderlin-Rezeption im deutschen Expressionismus. Frankfurt a. M. 1974
Oertle, Arnold: Christus bei Hölderlin; ein Versuch, Hölderlins Werk theolog.-krit. zu lesen. Zürich 1974
Kurz, Gerhard: Mittelbarkeit und Vereinigung: zum Verhältnis von Poesie, Reflexion und Revolution bei Hölderlin. Stuttgart 1975
Laplanche, Jean: Hölderlin und die Suche nach dem Vater. Stuttgart–Bad Cannstatt 1975
Mason, Eudo C.: Hölderlin und Goethe. Bern 1975
Jakobson, Roman: Hölderlin, Klee, Brecht: Wortkunst dreier Gedichte. Frankfurt a. M. 1976
Prignitz, Christoph: Friedrich Hölderlin: Die Entwicklung seines politischen Denkens unter dem Einfluß der Französischen Revolution. Hamburg 1976 (Hamburger philologische Studien. 40)
Strack, Friedrich: Ästhetik und Freiheit: Hölderlins Idee von Schönheit, Sittlichkeit und Geschichte in der Frühzeit. Tübingen 1976 (Studien zur deutschen Literatur. 45)
Buhr, Heinrich: Hölderlin und Jesus von Nazareth. Pfullingen 1977 (Opuscula. 45)
Hauschild, Hans-Ulrich: Die idealistische Utopie: Unters. zur Entwicklung des utop. Denkens Friedrich Hölderlins. Frankfurt a. M. 1977
Naegele, Rainer: Literatur und Utopie: Versuche zu Hölderlin. Heidelberg 1978 (Literatur und Geschichte. 11)
Schmidt, Jochen: Hölderlins später Widerruf in den Oden «Chiron», «Blödigkeit» und «Ganymed». Tübingen 1978

HIRBLINGER, HEINRICH: Widmungsgedichte und Freundschaftsbund. Hölderlins Lyrik im polit. und sozial. Kontext seiner Zeit. Diss. München 1979
KONDYLIS, PANAJOTIS: Die Entstehung der Dialektik: eine Analyse der geistigen Entwicklung von Hölderlin, Schelling und Hegel bis 1802. Stuttgart 1979
OTT, MANFRED: Hölderlin und revolutionäre Bestrebungen in Württemberg unter dem Einfluß der Französischen Revolution. Köln 1979
Homburg v. d. Höhe in der deutschen Geistesgeschichte. Studien zum Freundeskreis um Hegel und Hölderlin. Hg. von CHRISTOPH JAMME und OTTO PÖGGELER. Stuttgart 1981

QUELLENNACHWEIS DER ABBILDUNGEN

Schiller-Nationalmuseum, Marbach am Neckar: Umschlag-Vorderseite, 13, 18, 27, 36/37, 42, 47, 55, 56, 57, 59, 61, 69, 80, 86/87, 121, 123 oben und unten, 151, 153, 156 / Landesbibliothek, Stuttgart: 22, 30, 32, 33, 48, 62/63, 75, 110/111, 124/125 / Historisches Museum, Frankfurt am Main: 94/95, 96, 97, 106, 140 / Landesbildstelle, Stuttgart: 6, 10/11, 14/15, 52/53 / Städtisches Museum, Bad Homburg: 122 unten, 144, 145 / Staatsgalerie, Stuttgart: 40, 126/127 / Goethe-Museum, Frankfurt am Main: 113, 155 / Gleimhaus, Halberstadt: 85, 102 / Großherzogliches Hausarchiv im Stadtarchiv, Darmstadt: 146 / Smidt-Stiftung, Bremen: 123 oben / Sammlung des Stifts, Einsiedeln: 128/129 / Archiv der Senckenberg-Stiftung, Frankfurt am Main: 105 / Stadtbibliothek, Bad Homburg: 141 / Museum für Hamburgische Geschichte, Hamburg: 44 / Hölderlinhaus, Tübingen: 152 / Goethe-und-Schiller-Archiv, Weimar: 45 / Privatbesitz, Bischofszell: 131 / Privatbesitz, Bonn: 29 / Privatbesitz, Frankfurt am Main: 99 / Privatbesitz, Heidelberg: 88, 114/115 / Privatbesitz, Marburg: 122 oben / Privatbesitz, Weinsberg: 64, 83 / Privatbesitz, Zürich: 65, 130 / Bildarchiv der Österreichischen Nationalbibliothek, Wien: 78 / Louvre, Paris: 134/135 / Rowohlt-Archiv: 66, 71, 100, 109, 116, 134/135 oben, 138 oben, 143, 148/149 und Umschlag-Rückseite / Aus Meandre de Lapouyade, Voyage d'un Allemand à Bordeaux en 1801 (Bordeaux 1912): 138 unten.

NAMENREGISTER

Die kursiv gesetzten Zahlen bezeichnen die Abbildungen

2060/2

2024/1

Theater im 20. Jahrhundert

Manfred Brauneck

Programmschriften, Stilperioden, Reformmodelle

rororo handbuch 6290

Dokumentiert, analysiert und kommentiert werden die wichtigsten theaterästhetischen Programmschriften, Stilperioden und Reformmodelle von der Jahrhundertwende bis zu den 80er Jahren – von Max Reinhardt bis Jerzy Grotowski, von den Theaterexperimenten des Bauhauses bis zur amerikanischen Theatersubkultur. Der einleitenden Skizze einer Theorie des Theaters folgen die fünf Kapitel:

- «Theater der Zukunft»: Stilbühne und Theaterreform um 1900
- Revolte – Erneuerung – Experiment
- Politisches Theater – Episches Theater – Dokumentartheater
- Das Schauspieler-Theater
- Theater der Erfahrung – Freies Theater

Der Band schließt mit einer

- Chronik des Theaters im 20. Jahrhundert: Daten und Ereignisse.

Damit liegt für jeden Theaterinteressenten ein unentbehrliches Handbuch vor, das über die Entwicklung der Theatermoderne umfassend informiert.

rororo handbuch

2047/1